英雄模范共产党员故事汇

杨靖宇
YANG JING YU

王二路 编著

青海人民出版社

图书在版编目（CIP）数据

杨靖宇/王二路编著. -- 西宁：青海人民出版社，2021.5（2024.11重印）

（英雄模范共产党员故事汇）

ISBN 978-7-225-06160-3

Ⅰ.①杨… Ⅱ.①王… Ⅲ.①传记文学—中国—当代 Ⅳ.① I25

中国版本图书馆 CIP 数据核字（2021）第 082323 号

英雄模范共产党员故事汇

杨靖宇

王二路　编著

出 版 人	樊原成
出版发行	青海人民出版社有限责任公司
	西宁市五四西路71号　邮政编码：810023　电话：（0971）6143426（总编室）
发行热线	（0971）6143516 / 6137730
网　　址	http://www.qhrmcbs.com
印　　刷	青海西宁西盛印务有限责任公司
经　　销	新华书店
开　　本	890 mm × 1240 mm　1/32
印　　张	6.5
字　　数	200 千
版　　次	2021 年 7 月第 1 版　2024 年 11 月第 2 次印刷
书　　号	ISBN 978-7-225-06160-3
定　　价	30.00 元

版权所有　侵权必究

目录

第一章　出身佃农根苗壮　自幼聪颖志刚强　001
　　英雄出世　001
　　佃农之家　003
　　正义少年　004
　　忧国忧民　013
　　学潮骨干　018
第二章　投笔从戎闹革命　披荆斩棘向前冲　024
　　投身农运　024
　　确山暴动　028
　　刘店起义　043
　　王楼伏击　048
　　深入信阳　051
第三章　临危受命赴东北　深入白区斗顽敌　056
　　赴沪学习　056

目 录

临危受命	058
深入矿工	061
组织罢工	065
被捕入狱	067
坚贞不屈	069
狱中斗争	072
第四章　东奔西忙忘生死　不屈不挠抗日伪	082
秘密斗争	082
巡视磐石	095
力挽狂澜	104
学习朱毛	115
第五章　智勇双全显神威　转战南满英名扬	118
创建一军	118
全歼邵旅	120

目录

率部西征	143
组建抗联	145
第六章　运筹帷幄善用兵　化险为夷巧周旋	150
处境艰难	151
程斌叛变	152
铁血少年	154
激战长岗	156
岔沟突围	158
智取冬装	163
转移北上	168
第七章　铁血英雄泣鬼神　忠心赤胆映日月	169
高度评价	169
临危不惧	170
苦苦坚持	176

目录

壮烈殉国	181
沉痛悼念	183
惩办元凶	185
第八章 丰功伟绩耀千古 英名精魂传万代	187
威震敌胆	187
遗物遗产	188
永远的怀念	189
誉满天下	195

第一章　出身佃农根苗壮　自幼聪颖志刚强

杨靖宇出生在佃农之家，家境贫寒，从小俭朴善良，勤奋上进，心怀正义，好打抱不平。正所谓：出身佃农根苗壮，自幼聪颖志刚强。

英雄出世

河南省的南部有一个确山县。确山县在汉代时称朗陵，到隋代改为朗山，直到宋代才改称确山。确山县位于淮河北岸，西依桐柏、伏牛两山余脉，东眺黄淮平原。北距河南郑州约230公里，南距湖北武汉约280公里，它沟通南北铁路大动脉京汉线，自古有"中原之腹地，豫鄂之咽喉"之称。据确山县志记载，古朗陵城四周建有四寺，东有朗陵寺，南有铁佛寺，西有朝阳寺，北有凤凰寺。朗陵城西有观星台，是汉代朗陵侯观测星辰的地方；南面有霸王台，据说是当年项羽出兵的地方。相传古朗陵城，钟灵毓秀，风景旖旎，人杰地灵，吸引着历代文人墨客争相一睹其风采。

在确山县城正北约10公里处有一村落，名曰：李湾村。李湾村坐落在京汉铁路豫南段的铁道线东侧，村庄的东、南、北三面是广阔无垠的黄淮平原，唯有西面，遥见山峦起伏，峰峦分别名为：乐山、秀山，它是由大别山与伏牛山余脉在这里形成的无数盆地与丘陵。当年，李湾村的四周修建着土围子寨墙，设四个寨门。郑州通往信阳的宽阔的大道穿村而过，村庄成为南北通衢，居民分为东西两区。

在李湾村西区西北角居住着一户姓马的人家。马家的院落内正北方是四间屋舍，其中西三间开有一个门，东一间另开一个门。院内东、西配房，都是三间宽，均为砖木结构，上盖茅草，灰瓦覆顶。

1905年2月13日（农历正月初十）辰时，李湾村沉浸在晨曦微露、春风和煦的一片宁静之中。就在此时，居住在村西区西北角马姓人家的北屋里有一男婴呱呱坠地，声若洪钟，飘出窗外。男婴生肖蛇（俗称"小龙"）取乳名顺清。这个男婴就是后来威名震天下的抗日民族英雄杨靖宇将军。

顺清8岁时入私塾读书。私塾先生依据崇尚贤德之意，为小顺清取学名马尚德，同时依千里马之意，又为他起了一个表字"骥生"。

参加革命后，杨靖宇曾使用过周敏、张贯一（又作张冠一、张观一）、乃超、元海等化名。在所有这些名字中，马尚德和张贯一影响较大。1934年初，中华苏维埃"二大"选举杨靖宇为中华苏维埃共和国中央执行委员会委员时，所用的名字就是张贯一。杨靖宇这个名字是他在东北驰骋于白山黑水、跋涉于林海雪原，与日伪展开生死较量时起的，经过抗日战火的千锤百炼，这个名字永远镌刻在中华民族的光辉史册上，也世世代代留在了华夏儿女的心中。

佃农之家

杨靖宇祖籍河南省泌阳县罗湾村。祖父马绥武，为生活所迫，带着老婆孩子、挑着一副担子，一路走，一路讨饭，宿草垛，住寺庙，逃荒至河南省确山县城北左庄，以后迁至李湾村落了脚。在杨靖宇出生的六年前，马绥武即已病故，享年51岁（1848—1899）。在孙子顺清出生时，祖母杨氏（生卒年月不详）还健在。

马绥武有三个儿子，大儿子马锡龄、二儿子马延龄、三儿子马贺龄。那时，河南农村有大家族的传统习俗。杨靖宇的祖父母、叔、婶、父母、堂兄等都在一起生活。在这个大家族中，杨靖宇的父亲马锡龄（1879年生），叔叔马延龄、马贺龄都是老实忠厚、善良而又能干的庄稼人。

杨靖宇出生那年，即光绪三十一（1905年）年，李湾村仅有174户人家，620口人，1351亩田，贫富悬殊。除自耕农外，佃农54户，地主14户。地主之中素有"五大家"之称。老绅士王子精一家霸占着全村土地三分之一，其次是身为官僚的刘亚均、王阴芬，再次是老保长王鸿恩、"老土包子"地主王喜。

杨靖宇的生父、佃农马锡龄，当时靠租种李湾村"老土包子"地主王喜家几亩耕地来养家糊口。他一年四季辛苦劳作，靠租种的几亩薄地勉强度日。在杨靖宇4岁的时候，妈妈又生了个小妹妹。

1910年7月29日，在杨靖宇刚刚5岁时，父亲马锡龄因长年从事繁重体力劳动，积劳成疾，加上没钱买药治病，不幸英年早逝，去世时才31岁。父亲的病故，使家里失去了顶梁柱，从此，母亲带着杨靖宇和妹妹依靠二叔，与祖母、叔父家一起生活。

杨靖宇生母张氏（单字名"君"，1884年生）勤劳善良、温和而刚毅。农忙时，母亲像男人一样到农田里干农活，回到家还得操持家务。母亲在百忙中也不忘谆谆教诲幼小的杨靖宇：做人要有正义感、同情心，要帮助比自己家更贫穷、更困难的人。

正义少年

杨靖宇从懂事起，就特别愿听大人们讲故事。他非常崇敬抗金英雄岳飞的文武双全、智勇无比，崇拜他率领岳家军一次次打败金国的入侵。他痛恨张邦昌、秦桧等卖国求荣之人；他钦佩岳母为岳飞刺字的大义情怀，"精忠报国"四个字深深地刻在少年杨靖宇的脑海里。

1911年，辛亥革命爆发。辛亥革命开创了完全意义上的近代民族民主革命，推翻了统治中国几千年的君主专制制度，建立起共和政体，结束了君主专制制度，传播了民主共和理念，极大推动了中华民族思想解放，以巨大的震撼力和影响力推动了中国社会变革。当时刚满6岁的杨靖宇，天资聪颖，活蹦乱跳地参加一些有益的活动。他同村中一群小伙伴儿，跟说书人学会了《警世钟》列强侵华一小段唱词，并向京汉铁路工人的孩子们学来了一首讽刺慈禧太后与宣统皇帝的童谣《数大嘴儿》。就这样，他跟小伙伴儿们一起，成群结队地当街表演童谣，唱道：

"西太后耍儿戏儿,
抱个小孩儿做皇帝儿,
金銮殿上'撒泡尿儿'
龙书案下抓蛐蛐儿,
放个臭屁去闻味儿,
王妃嗔他不懂事儿,
朝臣齐抖马蹄袖儿,
山呼'玩事儿玩完事儿'!"

小伙伴儿们特将"万岁万万岁"故意念做"玩事儿玩完事儿!"用以讥讽清朝末世腐败的朝政。

1912年1月1日,孙中山在南京就任临时大总统,宣告中华民国临时政府成立,采用共和政体。从元旦起改用阳历,以1912年为民国元年。孙中山还颁布了国旗、国歌。

《中华民国国歌》由沈恩孚作词,沈彭年作曲:

亚东开化中国早,
揖美追欧,旧邦新造!
飘扬五色旗,民国荣光。
锦绣山河普照,
我同胞鼓舞文明,
世界和平永保!

那时候,当杨靖宇的母亲张氏听到了国歌,并由开明人士讲解内容后，打内心深处受到非常大的启发。她下决心送儿子上学读书开化脑筋，让儿子做一个有用之人。杨靖宇刚满8岁时，母亲就把他送入附近的私塾读书。开私塾馆的前清落第秀才刘景臣，是杨靖宇的启蒙老师，按马家家谱序列为杨靖宇取名：马尚德、表字骥生。

杨靖宇的第二任私塾老师叫关易公，是远近闻名的老学究，要求学生死记硬背极严格。同时，杨靖宇深知自己家境艰难，母亲供自己上学特别不容易，如果学不好，对不起母亲的一番苦心。因此，他废寝忘食、刻苦攻读，不仅熟读《三字经》《百家姓》《千字文》等，还下苦功夫啃起艰涩难懂的《四书》《五经》。杨靖宇喜欢写毛笔字，空闲时，除了背书就是练字，因此，他的学习成绩和毛笔字在全班一直名列前茅。

随着年龄的增长，一个谜一样的问题使杨靖宇百思不得其解：自己家和许多农户一年到头拼死拼活地劳动却吃不饱、穿不暖，还时常受欺压，而有钱人什么也不干却吃香喝辣、穿金戴银、要什么有什么，这个世道为什么这样的不合理，这样的不公平？

那时，在李湾村有一个约定俗成的老规矩：逢年过节租种地主地的农户都必须给地主家送礼。如果不送，地主就会处处找麻烦，甚至于收回所租土地。有一年，中秋节到了，杨靖宇的二叔支撑着病体借钱买了四盒月饼，特意让杨靖宇给姓王的地主家送去。杨靖宇态度坚决地表示不去。当二叔问他为什么不去时，他说："王家是人，咱家不也是人吗？王玉玺吃咱们的、喝咱们的，凭什么还得给他送礼？"当二叔无奈地告诉他这是村子里的老规矩的时候，杨靖宇说了一句令二叔震惊的话：不合理的老规矩就得改了它！

晚上，母亲把杨靖宇叫到跟前噙着眼泪劝说道："我的傻孩子，在人屋檐下,咋能不低头?往后可不能再随便说那些话了,要是让地主听到,咱们就别想在这里住了。"杨靖宇挥着小拳头说:"娘,你不要怕!地主老财要是敢与我们过不去,我放火烧他家的房子。"母亲听了这话,吓呆了,连忙捂住了他的嘴巴。为了这件事,母亲把杨靖宇关在屋子里好几天,不敢让他出门。

20世纪初,正值中国历史上最混乱的一个时期,辛亥革命的枪响崩塌了清王朝的斜楼陋室,徒留下一堆呛人的尘埃,革命却方兴未艾。当时,在河南众多草莽好汉里最有名的一位就是白朗,人称"白狼"。白朗对少年时期的杨靖宇影响还是比较大的。

白朗(1873—1914),字明心。1873年(清同治十二年)出生于河南省宝丰县县城西大刘庄村一农民家庭。他个头不高,背微驼,性豪爽,好交友,喜救助贫苦人家。幼时读书年余,稍长,在家务农。他家门户单弱,经常受本村地主的欺侮。后来,此人凭借一己之力发动组织起数万人的队伍,成为北洋军阀统治时期著名的农民起义军首领。

1913年夏秋期间,豫西农民英雄白朗领导的农民起义军离开宝丰、鲁山来到京汉铁路上,经西平、遂平、确山南下,进军豫、鄂、皖边各县。当大英雄白朗率部经过李湾村"打富济贫"时,其英雄行为在少年杨靖宇的心目中深深打下了烙印,对杨靖宇立志报国、日后的成长,均产生了久远的影响。

农民英雄白朗领导的豫西农民暴动,是民国初年袁世凯统治时期规模较大的一次农民起义。历时三年,起义军驰骋豫、鄂、皖、陕、甘5省,攻州克县多达50余座,威震遐迩。沉重地打击了袁世凯的反动统治与帝国主义侵略势力,是中国近代史上震惊中外的大事件。杨靖宇立志：要做白朗第二。从此，他每天早晚抓紧时间，追随四堂叔马鹤龄打拳习武锻炼身体，为未来振兴民族大业做准备。

1914年8月上旬，白朗农民起义军入川不成，返回豫西分兵活动，在临汝、宝丰两县交界的"虎狼爬岭"上被敌人包围。在突围战斗中，白朗奋力与敌激战，不幸重伤，壮烈牺牲。消息传到李湾村，杨靖宇捶胸顿足，痛哭不已，母亲语重心长地劝慰道："儿啊，还是古人说得好，男儿有泪不轻弹。光哭有啥用？要长能耐、练本领来学习英雄、纪念英雄、争当英雄！"打那时起，杨靖宇就立志要做英雄。

一天，私塾里的刘景臣老先生在课堂上要求杨靖宇背诵出《孟子》里的一段语录，并作解释说明。杨靖宇很规矩地站到刘景臣老先生面前，从头到尾，一字不差地背诵下来，并做了仔细的解释。从此，在杨靖宇的脑海里，就牢牢印下了孟子的那段论述"天将降大任于斯人也，必先苦其心志，劳其筋骨，饿其体肤，空乏其身，行拂乱其所为，所以动心忍性，增益其所不能"。

20年后，在即将奔赴抗日最前线之际，杨靖宇把一段推心置腹的话语，留给了亲密战友周保中：

> 我们是反对旧礼教的，但是可以这样了解，把"天将降大任于斯人也"改作"劳动人民之寄希望于共产党，党之寄望于共产党员也，必先苦其心志，劳其筋骨，饿其体肤，空乏其身，行拂乱其所为"。那些在革命斗争中，经不起考验而临阵脱逃的，有如朝露见阳光即散失，有如秋草经风霜即枯萎，一个普通的人都应该讲究"富贵不能淫、

贫贱不能移、威武不能屈",何况是共产党员呢?党员对党的革命事业必须具备鞠躬尽瘁、死而后已的精神。

(——摘自周保中:《松柏常青——纪念杨靖宇同志逝世二十周年》(1960年2月3日),《周保中文选》,解放军出版社2015年版,第151页。)

1915年年初,新文化运动的影响已渗透到确山县的各个乡村。杨靖宇非常喜欢白话文,但写作起来,总是文白夹杂。此时,他按先生授课的要求,虽对《四书》《五经》中所指定的课文能背诵如流,但很厌烦,总感觉它不合时代的潮流。于是,他寻觅一些野史和小说阅读,尤其对《三国演义》有着浓厚的兴趣。就在这一年里,杨靖宇对家贫买不起教科书的同桌李士芳深表同情,用自己积攒的压岁钱倾囊相助。他还转变男尊女卑的思想观念,常常手把手地教小妹妹写字、读书。

1916年谷雨(4月20日)过后四五天,关易公先生在课堂上讲:做了83天皇帝的袁世凯,在全国人民反对和声讨下,于3月22日宣告撤销帝制,废除"洪宪"年号,恢复民国。讲完话,先生允许学生们去古城(此即《三国演义》关羽、张飞相会的古城)看社火。端午节后,关易公告知同学:窃国大盗袁世凯在众叛亲离的窘境中,于阳历6月6日病死。而后先生去赶集,吩咐学生背《告子》。中午,同学们为清醒脑筋,编演"府台审案"戏。杨靖宇对戏中"府台"不问情由,将被告先打四十大板的情节,提出意见说:"这样演不成,容易屈打成招。作为'府台',是有学问的官员,必须有正气。不问就打,岂不是个'混官'?"大家认为言之有理,尔后,重编重演，表现了正气。

1917年初夏，发生了一件荒唐可笑，而又令国人非常震惊的事件——"丁巳复辟"。

丁巳复辟，又称张勋复辟、溥仪复辟，是民国六年（1917年，丁巳年）6月，张勋利用黎元洪与段祺瑞的矛盾，率5000"辫子兵"，借"调停"为名于6月14日进北京。急电各地清朝遗老进京，"襄赞复辟大业"，拥戴已退位的清末代皇帝溥仪复辟。6月30日，张勋在清宫召开"御前会议"，于7月1日赶跑了黎元洪，把12岁的溥仪抬出来宣布复辟，改称此年为宣统九年，通电全国改挂龙旗，自任首席内阁议政大臣，兼直隶总督、北洋大臣。复辟消息传出后，孙中山在上海发表《讨逆宣言》，段祺瑞在日本帝国主义的支持下，组成讨逆军，防守的"辫军"一触即溃，张勋在德国人保护下逃入荷兰使馆，复辟仅仅上演了12天。

这件事，在李湾村小学里引起了学生们的轰动。当时，杨靖宇与同学们编顺口溜讽刺道：

宣统比俺们小一岁，
治理国家他不会，
是封建遗老要复辟，
最可笑的是段祺瑞！

是年，杨靖宇初小毕业，因品学兼优，公认报考县城高等小学没问题。但因家贫不能助学以及其他原因，而未被录取。这是杨靖宇有生以来第一次遭受到的挫折。他认为是自己最大的耻辱。对此，虽愤愤不平，但未灰心丧气，反以挫折为磨刀石磨砺自己，并鼓励与自己同龄生肖属小龙的同学说："小龙跳龙门，一跳不成要再跃！"

被拒之校门之外的杨靖宇，随从姨表祖（母亲的亲姨夫）王中佛到古城傅楼私塾馆复读。他同傅楼的同学徐中耀（1907—1969，曾用名徐子荣，河南省确山县人。1924年加入中国共产主义青年团。1927年4月担任确山县"临时治安委员会"青年部长，5月加入中国共产党。1928年4月任中共确山县委书记，后考入北平民国大学并继续从事党的秘密工作。1932年被捕入狱。1936年9月，经中共中央北方局营救出狱，后代理确山城关特支书记。1937年3月任山西省工委秘书长。1938年初，中共晋冀豫省委成立，先后任省委宣传部部长、组织部部长。1942年秋，任太行区五地委书记兼五军分区政委，集中力量领导根据地的整风运动。1944年至1945年，先后任八路军豫西抗日独立支队政委、豫西地委书记、河南区党委委员、河南第一地委书记、河南省军区第一支队政委兼第一军分区政委。解放战争时期，任中原军区第一纵队第一旅政委、华东野战军独立师政委、华北野战军第十三纵队政委、第一野战军六十一军政委。中华人民共和国成立后，历任公安部党组副书记、常务副部长，国务院内务办公室副主任等职。1956年，被选为中共第八届中央候补委员）接触较多，成为好朋友。是年秋，再次报考县城高等小学，正赶上汝南、信阳、罗山三个地方均未设置高小，考生云集确山县城，使本届考生高达三千多名。只录取8个班360名。杨靖宇的成绩名列前茅，终于被确山县立第二高等小学录取，分到"庚班"，不久又被选为"庚班"班长、校学生会代表。

确山县立第二高等小学的学生中有少数官宦豪门子弟，他们经常仗势欺辱穷人家的孩子。杨靖宇出身贫苦，不仅朴实，还富有正义感，个头又比同龄学生高出许多，自然而然成了穷苦学生的排头兵和主心骨。

1919年5月4日，在北京爆发了一场以青年学生为主，广大市民、工商人士等阶层共同参与的示威游行、请愿、罢工、暴力对抗政府等多种形式的反对帝国主义、封建主义的爱国运动。这场运动史称"五四运动"。

对北京的青年学生爱国运动，紧靠京汉铁路的确山县城各小学也都积极响应。校学生会代表杨靖宇，被学校指派为带队人，组织指挥同学们上街游行示威，进行街头演讲，并到车站、商店查禁日货。

一天上午，杨靖宇率领同学们到火车站和街市搜查日货，宣传购买日货的危害和抵制日货的意义。一位铁路工人告诉杨靖宇，昨天晚上一个店主拿着县长手谕提走几大包货物，不知里面有没有日货。杨靖宇随即带领同学们来到这家商店，不顾店主的软磨硬抗，查出的日货全部没收。但这家店主用钱买通了官府，收受了贿赂的反动官府派人出面袒护店主，干涉学生的正义行动。杨靖宇怒斥派来的人：身为国家官员，不思报国为民，却为不法奸商说情，还有没有中国人的良心？来人见杨靖宇软硬不怕，就找来校长，让校长出面管教，制止学生没收日货的行为。校长以不听劝诫就开除学籍相威胁，要求杨靖宇及众学生放弃对该店的查处。杨靖宇毫不畏惧，斥责校长不爱国还反对学生爱国，同时警告校长，若真敢开除学生，就号召全校同学罢课，要求罢免校长。校长又气又恼又怕。他明白，时下各地学潮不断，抵制日货是举国上下人心所向，真要是把学生激怒了，把事态搞糟了，自己只会落个卖国罪名。想到此，校长悻悻而去。杨靖宇和同学们一把火点燃了日货，熊熊烈焰腾空而起，在火光及众人的欢呼声中，杨靖宇感受到了爱国的力量，正义的力量，人民的力量！

1920年秋季开学后，确山县教育当局派"学监"前来"整肃校纪"。一天"学监"借口丢失了衣服，叫"团防营"指派士兵吊打校工老李。对此，杨靖宇义愤填膺、仗义执言，立马发动学生驱赶兵差，由此引发一场"团防营"派兵包围学生的事件，险遭学校开除学籍。后经杨靖宇的据理力争，迫使"学监"偷偷溜走了事。校长认真弄清事情真正缘由后，非常感激杨靖宇主持正义的行为。

忧国忧民

1921年7月23—31日，在上海召开了中国共产党的第一次全国代表大会。会议通过了党的第一个纲领和决议，正式宣告中国共产党庄严诞生。纲领中明确规定：党的名称是"中国共产党"；党的性质是无产阶级政党；党的奋斗目标是推翻资产阶级，废除资本所有制，建立无产阶级专政，实现社会主义和共产主义；党的基本任务是从事工人运动的各项活动，加强对工会和工人运动的研究与领导。从此，中国诞生了完全新式的、以共产主义为目的、以马列主义为行动指南的、统一的工人阶级政党。中国共产党的成立，给灾难深重的中国人民带来了光明和希望，给中国革命指明了方向。正如毛泽东所说的那样，中国共产党的成立，是一个开天辟地的大事变。中国共产党成立后，中国革命的面貌就为之一新了。就在此时，杨靖宇接触到了《新青年》《东方杂志》《少年中国》等进步刊物所宣传的社会主义思想、马克思主义原理，如灿烂的阳光一般为杨靖宇照亮了前进的道路。从此以后，杨靖宇的性情也改变了许多，一反过去的沉默寡言，经常出现在群众面前，发表政治演讲。这期间，杨靖宇还写过许多宣传材料，他通过这些活动，增强了反帝爱国的自觉性，他立志一定要成为对中华民族有贡献的人。

杨靖宇的母亲，在李家湾村里断断续续听到人们说儿子在确山县城里积极参加各种爱国运动的一些消息。对此，母亲既为儿子的举动感到欣喜和骄傲，同时，不免平添一份担心和牵挂。缘于此，她就萌生了为儿子找个媳妇的念头。一来想让杨靖宇早日成家立业，二来可以用家庭的约束让他变得更加成熟稳重些。在婚姻大事上，母亲总是比儿女还要着急。不久她就让村里的媒婆给儿子说成了一门亲事。

1922年暑期，17岁的杨靖宇刚放暑假回家，母亲就迫不及待地把为他保媒的事一五一十地告诉了他。起初，杨靖宇还为母亲不同自己商量，包办婚姻大事而闷闷不乐，后来见奶奶、叔叔、婶婶们都对自己未过门的媳妇赞赏有加，又加上孝顺的杨靖宇不愿母亲再多为自己劳心费神，就默认了这门亲事。在迎亲这天，杨靖宇按惯例宴请亲友。在拜天地、入洞房之后，他才得以看到妻子郭莲的庐山真面目。原来她是一位面容姣美、仪态端庄的姑娘。通过交谈，杨靖宇还了解到，她虽未上过学堂，但受过家庭教育，是个知书达理、善解人意的好姑娘。杨靖宇暗自庆幸，没想到包办的婚姻竟让自己娶上了一位秀美贤惠的妻子。

杨靖宇的妻子郭莲出身于汝南县小郭庄佃农之家。自打成了这门亲事之后，杨靖宇曾多次往来确山、汝南之间，途中见闻颇丰，也让杨靖宇感慨万端。特别是亲耳闻听百姓们痛斥军阀专制、军阀混战、祸国殃民的纷纷议论，使杨靖宇感到格外的痛心和揪心。目睹战区灾民络绎不绝，哀鸿遍野的惨淡境况，更激起杨靖宇心中的极大不平和愤恨。

1923年初，中国发生了震惊中外的"二七惨案"。1923年2月1日，京汉铁路各站工会代表在郑州召开总工会成立大会。吴佩孚丢弃"保护劳工"的假面具，命令军警用武力加以阻挠和破坏，并封闭总工会会所。总工会当即组织全站两万多工人举行总同盟罢工，并将总工会移至武汉江岸办公。2月4日总罢工开始，各站工人一致行动，全线所有客货车一律停开，长达千余公里的京汉线立即陷于瘫痪。京汉铁路总工会江岸分会委员长、共产党员林祥谦，纠察队长、共产党员曾玉良，领导工人粉碎了军阀企图破坏罢工的阴谋。2月6日，湖北工团联合会和京汉铁路总工会法律顾问、共产党员施洋，发动武汉各工团代表2000余人赴江岸慰问，并和铁路工人万余人举行集会和游行示威。2月7日，曹锟、吴佩孚等派大批军警分别在长辛店、郑州和武汉江岸等处进行血腥镇压，工人被杀40多人，伤200多人，被捕60多人，遭开除1000多人。林祥谦、施洋及京汉铁路总工会委员长、共产党员史文彬均被逮捕。林祥谦被捕后，拒绝下令复工，慷慨就义。施洋也在武昌被杀害。这次惨案暴露了军阀的残暴，显示了中国工人阶级的革命坚定性和组织纪律性。

"二七"惨案极大地震撼了杨靖宇的心灵。他非常钦佩共产党员林祥谦"头可断，工不可开"的大无畏的革命精神。在高小时，他用初次历世的见闻，做了两篇很出色的作文，反映了他对当时社会的根本看法。一篇是老师命题作文，题目是《与友人论修学方法书》；另一篇是自选题作感想文，题目是《战区灾民生还时之感想》。两文录如下：

一、与友人论修学方法书

　　夫学问之道，理深义广，取之不尽，用之不竭，以人数十寒暑之光阴，而欲悉数浏览，洞了胸中，戛戛乎难矣哉！或曰：口不绝吟，手不释卷，朝夕诵读，兀兀穷年，理虽精奥，罔不获之。或曰：闭户潜修，外事莫顾，专心致志，念兹在兹，义虽难解，靡不释之。余以二者之言，非折衷之道也。若朝夕诵读，而不加详细考察，将恐流于不思则罔之弊；若闭户潜修，仅目力达到之地，能一一贯彻，亦恐未免不学则殆之诮。肾斯观之，莫妙错综组合，理有未获，旁博访咨：遇有先觉之老成，虽寄宿异己，亦不妨负笈屈求，犹如孔子云：我非生知之者，好古敏以求之者也。事有未达，必详细参考，勿妄以臆度；逢较劣己者，务静心恭询，犹如论语孔夫子敏而好学，不耻下问是也。如是，朝于是夕于是，造次必于是，颠沛必于是，则理无不获，事罔不达，修学之法，舍此其道未由。

专此敬呈某某仁兄核斫

二、战区灾民生还时之感想

偶见一老翁，髯须俱白，面似魍魉，身披褐裘，足跣而行，若呆若迷，从而问之，俯首不答。又问之，凝目泪下曰："吾祖仕官，九世同居，金积堆山，地连阡陌，以为终身无冻馁矣。自辛亥义兵崛起，改造共和，更以为荣乐，不意荣乐之地，频为战区，蕴蓄金银，输充军需，值延今日，房屋被焚，地无立锥，族家兄弟苗裔，摧残净尽，渺渺一躯，沦为乞丐，聊以度日。"余闻之后，不禁懼然生悲。夫专制时代，赏戮由一人之喜怒。一言之失，祸连诸族，即足惨矣！自共和成立以来，彰然脱离专制痛苦，向自由发展之域，以与历史争光。竟国贼盘居要津，咕嗫图谋，攫取人民血汗之金钱，供一己靡费；开贿法贿选之后径，作狼狈为奸之先河，既无爱国观念，复吢狗人民，愚昧世界潮流，以致全国骚然尤不知足。而无故开衅，假借共和之面具，作盗跖之行为，使烽火连天，战声交耳，穷兵黩武之风，莫此为甚，回想为国乎？为同胞乎？靡不离心背德，图私营利。干戈叠起，金融大绌，押都借款，使万民感受其荼苦！虽有南山竹之，海冤亦莫可诉噫。呜呼！是翁何辜年至耄耋，尚遭兵将切肤之忧，又加旱涝不均，盗贼蜂起，若战争长此不息，则中国土崩瓦解之祸不远矣！

自选题作文《战区灾民生还时之感想》写于1923年秋，是高小毕业前的作文。这篇作文，由记述一位老人在军阀混战中家乡惨遭蹂躏、本人沦为乞丐的不幸遭遇，进而痛斥军阀混战、祸国殃民的罪行，抨击时政，别具一格，由衷地抒发了忧国忧民的无限感慨。老师审读这篇作文之后，在文章后面留下了评语："格局完整，词旨稳练，炉火纯青候也"。

学潮骨干

1923年秋后，杨靖宇会同确山高小同学，抱着实业救国之志，考取了校址在省城开封的第一工业专科学校（含预科6年制），分配在"纺染"专科。

河南省立第一工业学校坐落在开封市旧城区北部的北道门街。该校始建于1910年，起初命名为"河南官立中等工业学堂"；1912年更名为"河南省立中等工业学校"；1914年又改名为"河南省立第一甲种工业学校"；1923年再次改名为"河南省立第一工业学校"。

当时，在河南省立第一工业学校里聚集了一批具有进步思想的教师，其中有共产党员李清庵、贺光吾等。杨靖宇经常向他们求教，听他们讲述革命的道理。通过这些老师，杨靖宇阅读了《新青年》《向导》等进步书刊和李大钊等革命党人撰写的文章。同年，杨靖宇参加了北京大学马克思学说研究会，为通讯会员。马克思学说研究会是在李大钊的倡导和支持下，于1921年11月17日成立的，发起时只有19人，后会员扩充至151人。这个研究会实际上是中国共产党北方党组织的外围机构。

在开封读书期间，杨靖宇经常到图书馆博览群书，尤其喜爱读史。读了龚自珍的《明良论》《尊隐》《平均篇》，还系统研读了《太平天国史料》、梁启超的《李鸿章传》。读史期间，接触了进步教师贺光吾后加入"青年协社"读书会。这年暑假，学校共青团组织通过学生会，将回乡学生组织起来办农民夜校。确山县的同学一致推选杨靖宇为夜校主任。为了讲好课，他事先到开封各图书馆搜集查阅各种史料，预备讲稿。回到确山县后，杨靖宇带领同学在县城创办了南高庙、县高等小学、东关三个夜校。吸收学员近百人，夜校举办了一个多月之久。

在举办的两期农民夜校当中，杨靖宇结识了许多青年农民骨干。其中有：李则青、张玉恒、王国卿、郭景尧、朱同山、王国华、张景须、胡志斋、胡文斌、张立山、孔繁益、赵凯文，还有私塾同学徐中耀的大哥徐中和，张家铎的胞弟张家铮等。

杨靖宇经常与结识的这些青年在一起谈论天下大事，探究立志救国的方略。杨靖宇就列强侵华，英俄德日谁个最早、最凶、最坏，危害中华最甚等问题，经常与张家铎论史，为民族解放寻找出路和对策。他还为了日后打倒军阀，与张家铎立誓竞赛，发奋攻读《孙子兵法·十三篇》，为后来投笔从戎奠定了坚实的基础。

1925年3月12日9时30分，一代伟人孙中山病逝于北京，终年59岁。遗言：革命尚未成功，同志仍需努力！消息传来，杨靖宇和同学们异常悲痛。依照当时报纸上登载的孙中山的《总理遗嘱》，逐字逐句研读，反复背诵。

1925年5月30日，上海工人、学生为抗议日本帝国主义枪杀中国工人的罪行，举行示威游行，英国巡捕开枪镇压，制造了震惊中外的"五卅惨案"。这一暴行，激怒了全国人民，各地民众纷纷举行罢工、罢市、罢课,反帝浪潮迅速席卷全国。

"五卅"惨案的烽烟,再一次打破了杨靖宇平静的学习生活。从惊闻英、日帝国主义在上海屠杀中国人民噩耗的那一刻起,杨靖宇就如同当年在确山高等小学校响应"五四"一样,又一次站在了反帝爱国斗争的最前线。5月31日,开封产业工人、各大中学校学生联合举行罢工、罢课游行示威。杨靖宇是第一工业专科学校的学生代表之一,他旗帜鲜明地投入到这场斗争洪流中去,身穿长衫,每日四处奔波,从早到晚,辛苦异常,显现出一定的组织领导能力。他站在通往车站的一个街口宣传台上,激昂地挥着拳头,高声演讲,洪亮的声音震荡在街头,爱国激情感动着水泄不通的听众。他带领检查与抵制"英日货"的学生小组到处发传单、贴标语。他带着上海寄来的《热血日报》深入黄河码头宣传抵制"英日货"的意义目的……杨靖宇在总罢课期间非常活跃,表现特别突出,受到进步老师的赞许好评,得到同学们的一致颂扬和热烈拥戴。

1925年6月6日,在共青团员张耀昶、姚建宇的介绍下,杨靖宇光荣地加入了中国共产主义青年团。当时,杨靖宇非常激动,他坚定地表示:今天我从组织上已经成为一名光荣的中国共产主义青年团团员了,今后更要严格要求自己,不断加强学习,刻苦锻炼自己,真正从思想上入团。保证做一名有革命觉悟、有远大理想的共青团员!从此,他开始在党的旗帜下,为中华民族的解放事业而斗争。

临近放暑假的前几天,杨靖宇利用课余时间到学校的图书馆里精挑细拣借来一大包书,准备带在身边挤时间认真读书学习。他还暗暗决定,利用办夜校的机会,深入细致地钻研中国历史。他不止一次地对周围人说:"不读历史,就不知道近现代中华民族为何衰败的原因,我们要反封建礼教,反军阀专制,不懂中华民族的历史怎么行!"

10月10日,《中国共产党告农民书》发表。杨靖宇对《中国共产党告农民书》一文如获至宝,爱不释手,反复诵读,认真琢磨。他对文中提出的八项农民奋斗目标和十条组织农民协会的办法一一牢记在心上。对"号召农民起来组织农民协会和农民自卫军,依靠农民自己的力量解除所受的压迫和痛苦"之事非常关注。他认为:《中国共产党告农民书》为农民革命找到了最新答案。在那段时间里,杨靖宇把课余时间的主要精力和绝大部分时间用于认真学习、广泛宣传《中国共产党告农民书》上来。

11月上旬,国民军东征胜利后,蒋介石在军队里排斥共产党人的做法已露端倪。初冬,全国反对奉系军阀的运动进入高潮,奉军将领郭松龄发生了倒戈事件。直系军阀头子吴佩孚利用奉军的倒戈事件,接纳同郭松龄倒戈的魏益三部队,在河南恢复其势力。12月10日,中国共产党提出了"武装平民,打倒奉系军阀,废除不平等条约,建立平民的革命统一政府"的总口号,杨靖宇认为同白朗要"设立完美之政府"对比,中国共产党的提法和主张更进步、更切合实际。

寒假时,杨靖宇与上海归来度假的张家铎一起讨论时局。家铎给他带来许多进步书刊。当时,冯玉祥国民军的部将岳维峻与吴佩孚的部将靳云鹗相勾结,在豫南乡下"拉夫抢粮"搜刮民财。豫南一带的地主和地方反动势力,纷纷建立"联庄会"一类的组织来保护地方利益。此时,杨靖宇和张家铎策划组织了一支农民自卫军,由张景须、马鹤龄为首领,发动李湾至水屯一带农民参加,来保护农民的利益。在水屯村附近初次与岳维峻部下一个连士兵交锋对抗时,手中没有掌握枪杆子的农民,遭到惨败被杀伤十多人。杨靖宇总结教训说:"农民自卫军没有武装,便没有说理权。"

1926年1月,在中国共产党人与国民党左派主持下,于广州召开了中国国民党第二次全国代表大会,通过决议继续执行孙中山遗嘱和联俄、联共、扶助农工三大政策。3月,"奉直联军"夹攻冯玉祥国民军,相继占领了开封与郑州。吴佩孚任命寇英杰(1886—1952,字弼臣,山东寿张人。时为直系军阀吴佩孚的心腹将领)为河南督军。寇英杰下令整饬校风,不准男女合校,不准学生读课外书刊,除理工科专业外,只读诗书、经典。

寇英杰的倒行逆施引发开封市各校掀起学潮抵制。杨靖宇作为学生会代表,率领河南省立第一工业专科学校学生同开封各大学学生队伍汇合一起,高呼"寇英杰滚下台"等口号,向督军府进军,迫使寇英杰收回了他下达的命令。

1926年3月29日,杨靖宇第一次读到毛泽东在广州发表的《中国社会各阶级的分析》(1925年12月1日,毛泽东首次发表)。作为佃农的儿子,是第一次开阔眼界,见到如此透彻的阶级分析的文章,他十分感奋。他专心致志地读,明确了许多问题。他还鼓励身边的许多同学都要仔细读一读这篇文章,弄清革命的首要问题是什么。如果,闹革命心里不清楚依靠谁、团结谁、打击谁,那就一定不会取得成功!

5月初,杨靖宇在《向导》周报上,读到《中国共产党致第一次全国农民代表大会信》,他认为:只有中国共产党最关心农民的疾苦。7月1日，国民政府发表《北伐宣言》；9日，国民革命军正式出师北伐。北伐的主要对象是各帝国主义支持下的北洋军阀，重点有三股：一是直系军阀吴佩孚；二是奉系军阀张作霖；三是直系军阀"分化派"孙传芳。10月10日，北伐军全歼吴佩孚主力，先后占领了武汉三镇。消息传到河南开封后，杨靖宇等共青团员欢欣鼓舞，认为革命形势一定会迅速向中原发展，他同好友杨兆庆、张玉奇决定走出校园参加风起云涌、巨浪滔天的大革命。为此，特在第一工业专科学校校园一角合影留念，留下难忘的一瞬。

第二章　投笔从戎闹革命
披荆斩棘向前冲

　　为了迎接革命高潮的到来，杨靖宇断然放弃学业，返回乡下，组织教育农民、发动武装农民，组织指挥了震惊天下的"确山暴动""刘店起义"。正所谓：投笔从戎闹革命，披荆斩棘向前冲。

投身农运

　　1926年秋，杨靖宇从河南省立第一工业学校初级班毕业。由于当时正处于国共两党第一次合作时期，北伐革命军节节胜利，即将进军河南。因此，根据革命斗争的需要，杨靖宇遵照党的指示毅然辍学返回确山，从事组织、发动农民运动的工作。

　　迫于北伐革命的严峻形势，1926年12月21日，河南督军靳云鹗（1881—1935，山东邹城人，民国时期直系军阀。民国成立后，历任北洋军第二路备补军团长、陆军第八混成旅旅长。1922年升任陆军第十四师师长。1924年第二次直奉战争失败后，退居豫鄂边境），下令开封各大专院校提前放寒假。

此时，中共河南省委借机组织放假回乡的党团员与青年学生参加农民运动。杨靖宇、张耀昶（1904—1935，化名张超，字朗轩，河南确山县人。1923年考取开封纺织工业学校。1925年加入中国共产党。1926年毕业后，奉党指示回确山建立中共洪沟庙支部）被指定为回到确山开展农运的负责人。回乡同学以自家居住地为发动点进行划片分工：杨靖宇、张耀昶负责李湾村铁路以东地区；张明德负责板桥村一带；阎海亭负责城郊；何振纲负责城西的石滚河；李泮林负责竹沟一带乡村。12月下旬，杨靖宇去驻马店，同"确山特支"的联络员徐子荣和上海大学返回确山担任特支书记的张家铎（1902—1929，字警斋，化名郑文学，河南驻马店人。1922年考入信阳省立第三师范。1925年4月加入中国共产党。1926年秋，中共豫陕区执委会派张家铎回豫担任中共驻马店特别支部书记。1927年党的"八七"会议后，他奉命又回确山。1928年春，党组织派张家铎到鄂豫皖边区领导武装斗争。1929年，他在息县一带收编大股土匪队伍时，被反动派逮捕，英勇不屈，壮烈牺牲），接头并建立了工作联系。在一次党团积极分子会议后，杨靖宇被作为重点发展对象来培养，放到大革命关键的岗位上经受锻炼考验。

1927年，这是中国革命的重要年头，也是杨靖宇一生的重要年头，就在这一年，杨靖宇指挥的确山农民暴动，成为中国共产党直接发动和领导武装斗争的成功尝试之一，也是杨靖宇军事生涯的第一步。

年初，杨靖宇带领回乡的学生农运队，自确山县城北郊区、驻马店镇以东20多个村庄建起农民协会，会员达1万多名；还在老街周围20多个村庄建立起反饥饿、反压迫的群众团体。两地会员发动联系的群众达3万余人。根据党的"特支"指示，在驻马店建立了中心农民协会，杨靖宇被推选为会长。

当时，农民协会只有长矛大刀还没有枪支。一天，杨靖宇经过深思熟虑巧施一计，招呼引诱一个军阀部队士兵出来后，突然冲上去只身夺枪。那个士兵追赶时，杨靖宇便掏出准备好的银圆丢在后面，说："这是你的路费。"那个士兵得到钱便开了小差，确山县农协就此得到了第一支枪。

杨靖宇返回李湾村建立农民协会的事情，很快传到了伪保长王鸿恩那里。他赶紧偷偷派人去到杨靖宇家里，对杨母进行恐吓胁迫："好好管教你儿子，不要闹事，更不要宣传共产、打倒土豪劣绅"等。待杨靖宇回到家里时，母亲便悄悄地打问道："尚德，你整天像匹野马似的到处跑，都去干些啥啊？"杨靖宇回答说："为咱李湾村贫苦百姓办好事啊！"母亲说："今儿个，老保长王鸿恩派人捎话，要你'安分守己，不要聚众闹事啊！'"杨靖宇依理说服母亲道："娘！地主老财就是用封建宗法'安分守己'这条绳索，把我们穷人捆得紧紧的。现在国民革命军北伐，就是要打倒军阀的统治，解除农民受军阀拉夫夺粮之苦。我们农民组织协会起来支援革命军北伐是天经地义的！现在地主们见农民当真起来了，便以老保长身份念起'安分守己'的紧箍咒来，我们坚决不能听他们的拨弄。事到如今，他们不直接来找我，却通过娘来管教我，是用旧礼教来束缚我。娘，俺们组织农民协会，就是要把咱们的穷命根子'革'掉，头一件事就是破除他们的封建宗法，跟地主老财的封建宗法一刀两断！"

知子莫若母，母亲终于明白，儿子还是像以前一样朴实忠厚，他的辛苦忙碌，正是为了让穷苦人过上太平日子。她以坚信、期待的眼光看着儿子，嘱咐儿子小心仔细，言谈中流露着慈母之爱。

1927年2月初，杨靖宇、张家铎着手组建农协领导的农民自卫队武装，并联合确山县城东部红枪会首领张立山（1892—1938，字寿峰。确山县人。民国初年教书。同时组织农民与当地劣绅李广化进行斗争，成为一方民众拥戴的"首事先生"。北伐战争开始后，他背叛绅士家庭，组织红枪会，同官府豪绅斗争。经常带领指挥红枪会在确山双桥、刘店一带打游击，被公推为县东部红枪会首领），建立了第一支农民自卫大队，再次在水屯与军阀的"抢粮队"发生冲突，进行较量。这次打出了农民自卫大队的威风。

时隔不久，杨靖宇同伙张家铎又在确山县城北部，以李湾为中心，建立起由张景须、马鹤龄、张家铮（张家铎之胞弟）为首领的农民自卫大队。2月8日，杨靖宇、张耀昶参加了中共豫南区委书记林壮志召集的党团积极分子会议，听取了豫南区执委会关于共青团员转党的决定。具体规定：凡年过20岁的共青团员全部转党，但"兼"团员；年过23岁的共青团员转党"脱团"。转党的团员，必须履行入党手续并举行入党宣誓。杨靖宇从这一天起，由中国共产主义青年团员转为中国共产党党员。

2月上旬，从奉系军阀分裂出来的魏益三（1884—1964，字友仁，河北藁城人。1921年加入奉军，曾任奉军第39团团长；1924年任镇威军第1、3联军参谋长，参加直奉大战；1927年1月任第8军军长兼第2方面军副总司令；1928年1月兼第2路代总指挥）

部队（军部与下辖两个旅，兵力约2000人），最初以冯玉祥的第四军番号，从榆关西移。由于冯玉祥军队撤往陕西，魏益三就依附了直系军阀吴佩孚，改称"讨贼联军第八军"驻守豫南。并将兵力部署驻守在驻马店至信阳一带，以防武汉国民革命军北进。该旅旅长李荣亨与直系委派县长王少渠、确山县四大劣绅楚本固、魏呈典、田斐卿、何明义，以筹款筹粮为名成立了"兵策局"，配合军阀横征暴敛，致使苛捐杂税高出前清的6倍，并向农民摊派十年的预借粮，必须于年内缴库。当地农民苦不堪言、怨声载道。

2月15日，杨靖宇、张家铎在驻马店东南张庄的玉皇庙里组织召开了确山县第一次农民协会代表大会。大会通过了农协章程，并选举杨靖宇为执行委员会委员长，张家铎、张耀昶、李则青、刘清范等为执行委员。大会还通过了"反对苛捐杂税""反对军阀拉夫抢粮""巩固农协发展自卫武装""迎接国民革命军北伐"等决议。

确山县第一次农民协会代表大会结束不久，奉系军阀张作霖以"援吴"为名，出动奉军主力张学良所率的第三、第四军团"下河南"占领直系地盘，而直系军阀吴佩孚则以河南主力靳云鹗部队与奉军混战于黄河南岸。

确山暴动

1927年岁首，中国政治局势再度发生剧变。

1月1日，在北伐胜利的凯歌声中，国民政府定都武汉，革命力量从珠江流域发展到长江流域。但在欣欣向荣的景象中，也潜伏着革命失败的危机，已经羽翼丰满的国民革命军总司令蒋介石掌握军权，正欲背叛革命，在推翻革命政府又取代北洋军阀的基础上，建立新的大地主、大资产阶级独裁政权。与此同时，奉系军阀张作霖见直系实力损失殆尽，无力与国民政府抗衡，而国民革命军又久战疲惫，遂欲坐收渔人之利，乘机独霸中原。为取得"打倒列强除军阀"的最终胜利，国民政府与国共两党都必须加紧进行军事斗争。中共中央指示河南党组织要加强对农民运动的领导，在北伐军到来之际，组织农民举行武装暴动，特别是豫南地区。河南省委根据周恩来的指示，对河南革命运动作了重新部署。派林壮志任驻马店特别党支部书记，张家铎回确山领导农民运动。

为确保北伐的胜利，中共河南省委派王开馨与张家铎、杨靖宇一起在确山开展农民运动。王开馨一到确山，就把杨靖宇吸引住了，他是那时杨靖宇见到的职务最高的中共领导人。王开馨的思想气质，对杨靖宇产生很大的影响。王开馨与张家铎、杨靖宇一起分析确山的政治形势，研究并制定了斗争的策略和步骤，还给他们讲了许多革命道理。2月8日，中共确山支部在县北洪沟庙正式成立，张家铎任书记。随后，党支部召开扩大会议，传达驻马店特支对确山农运工作的指示，决定召开全县农协代表大会。这时，经过回乡党团员夜以继日地工作，已经广泛争取了红枪会首领，并进一步发动了群众，杨靖宇和张耀昶首先在北乡几保组织起农协会。接着，党在确山县县东、县南掌握的枪会组织，也纷纷成立了农协会和农民自卫军，并注重搜集枪支弹药。根据形势发展，建立全县农民协会和农民自卫军的条件已经成熟。

1927年2月15日，中共驻马店特支利用正月初四玉皇庙庙会之机，在洪沟庙镇玉皇庙召开全县第一次农民协会代表大会。参加会议的有各保农协代表和共产党员、共青团员，共七十多人。会议由张家铎主持，杨靖宇作报告。杨靖宇讲了县农协成立的宗旨、意义和成立经过，他的讲话赢得与会代表的阵阵掌声和欢呼声。大会一致通过了确山县农民协会章程、告全县人民书、确山县农协成立宣言。确定了县农协基本任务是：(1) 团结广大农民群众，取消一切苛捐杂税，坚决维护农民利益；(2) 反对黑暗政府，打倒土豪劣绅；(3) 推翻封建专政，反对封建军阀，支援国民革命军北伐。确山县农民协会的建立，标志着确山农民运动进入了一个新阶段。

就在这次大会上，杨靖宇被选举为确山县农民协会执行委员会委员长，张家铎、张立山、张耀昶、徐耀才等11人当选为县农民协会执行委员会委员。这时，杨靖宇刚满22周岁，他的人格和才能受到组织和人民的认可，他没有辜负组织和人民的期望。

1927年2月下旬，豫南特委交通员徐中和，陪同河南省农协委员长兼中共豫南特委书记王克新（1904—1927，又名王开馨、王立斤、王大宾，号涤生。河北省井陉县东焦村人。1920年考入直隶四师，1925年加入中国共产党，是学校第一批共产党员。曾任中共开封地委书记、郑州市委书记、河南省委宣传部部长、省委常委、豫南特委书记等职。1927年受河南省委委派，王克新任豫南农民暴动总指挥，12月在指挥王楼战役中，负伤牺牲，年仅23岁）视察确山的农运，对杨靖宇等人的工作非常满意，并策划确山农民暴动，决定由杨靖宇带领指挥。为了确保杨靖宇组织发动确山农民暴动成功，王克新书记还专门从武汉调来熟悉确山县党团组织和农运情况的黄埔军校第四期毕业生李鸣岐（1905—1931，原名凤瑞，又名鸣。1905年6月生。河南确山县城关人。1925年夏加入中国共产党。同年秋由党组织推荐，考入黄埔军官学校。1927年4月担任确山县临时治安委员会治安总队长），由他在军事组织指挥上给杨靖宇以全面指导帮助。

3月初，根据李鸣岐的建议，杨靖宇、张家铎、张耀昶、张立山等，分头部署各农协自卫队自筹武器。杨靖宇从陶河八里岔军阀驻军士兵的手中弄到第一支新式步枪，还同张立山一起率领自卫大队攻取四大劣绅之一的楚本固庄园，获得几百块银圆用来购买火药，自制土炮"九节雷"。不久，建立起李鸣岐、张耀昶、王国青、王国华、郭景尧为骨干的农民自卫武装小部队，由李鸣岐组织训练。

3月中旬初，杨靖宇同北路"黄枪会"首领徐耀才结成金兰之好。"黄枪会"首领徐耀才在"授剑仪式"上，将自己指挥作战使用的七星剑授予杨靖宇，并宣称："因为我们兄弟志同道合，依赖不渝，特授予你这口七星剑，从今往后黄枪会听你号令，全归你指挥！"

3月15日，杨靖宇、张家铎在确山县城北大街赵凯文的家中，主持召开确山农民暴动指挥部预备会议。会上，认真检查核实了暴动的准备工作，并制定确山暴动的具体行动计划。确定暴动具体方案如下：

一、组织武装示威，按红枪会习惯，定名为"亮牌"，时间为农历三月初三（4月4日），地点在县城东关大操场。

二、以红枪会名义"传牌"，会场竖起农民协会犁头旗。

三、根据《国民革命歌》歌词（"打倒列强，打倒列强，除军阀，除军阀，国民革命成功，国民革命成功，齐欢唱，齐欢唱"），提出口号："打倒帝国主义""打倒军阀""打倒贪官污吏""打倒土豪劣绅""反对苛捐杂税""欢迎北伐军"等。

四、要求清算魏呈典、楚本固、何鸣一、田斐卿四大劣绅并清查县府账目。

暴动指挥部预备会议开过不久，在确山县发生了城西竹沟村送粮农民惨遭"兵策局"官兵毒打事件。数百名农民为此找伪县长王少渠请愿。王少渠假意应付，在哄骗请愿农民解散回家后，随即派"团防营"把请愿领头人逮捕入狱。因此，竹沟村送粮的农民又来驻马店要求县农协出面交涉。杨靖宇决定以此为暴动的引信，爆发确山县农民革命。当即组织召开农协执委会会议，并做出如下决议：

（一）利用农历三月初三城隍庙会和"上巳踏青节"亮牌，起义军分四路包围县城；

（二）确定起义暴动的革命口号；

（三）决定杨靖宇任暴动总指挥，张家铎、张耀昶、李鸣岐、徐子荣为副总指挥，徐子荣兼联络员，联络京汉铁路工人纠察队；

（四）确定暴动策略与具体步骤。

会上，中共河南省委书记兼豫南特委书记王克新到会指导，赞成并支持执委会的决议。

4月4日（农历三月初三），这天是城隍庙会"上巳踏青节"（上巳节：农历三月的第一个巳日，故而得名）。确山县农民暴动就是利用踏青民俗在田野上展开的。事前，杨靖宇和暴动总指挥部的农民领袖们，带着各路踏青农民起义队伍齐聚三里店，举行空前规模的确山县农民暴动誓师大会。参加大会的除了农民起义队队员还有不少踏青的老百姓共约5万人。誓师后，在杨靖宇总指挥下，率领农民协会会员及红枪会武装2万余人高举标志农民起义的"犁子旗"，分成四路，向着确山县城前进。霎时间包围了县城，占领了铁路票房子（即火车站），断绝了交通和通信线路。并将暴动总指挥部驻扎在东关火神庙，还在确山县第二高小操场搭起台子，同反动县长王少渠展开面对面地清算说理斗争。杨靖宇代表起义农民，义正词严地提出四项谈判条件：

一、必须立即交出四大劣绅（楚本固、魏呈典、田斐卿、何明义），当众清算"兵策局"历年收支账目；

二、立即取消"兵策局"，免除一切苛捐杂税；

三、释放在押农民代表；

四、农村实行县政，一切事宜必须首先通过农民协会。并声明：如无谈判余地，农民起义军立即攻城。

王少渠见农民起义军群情激奋、势不可挡，提出先撤兵后议事的要求，并借口回城与驻军李旅长商谈之机，躲到城隍庙里不出来。入夜后，杨靖宇在王克新的指导下，按既定步骤"鸣炮攻城"。

直到4月8日，确山县城经过如同洪流般的起义军4天4夜不停息地猛烈攻击，已岌岌可危了。守军不敢应付民变，又有魏益三的命令："力避与农军冲突"所制约，被逼无奈，奉命于9日拂晓前，弃城逃向豫皖边界。

杨靖宇率领指挥各路义军勇猛冲入城内，迅速歼灭顽敌"团防营"士兵200多名，生擒反动县长王少渠，砸开监狱解放了被关押的所有农民代表和县民。一面绣有黄色犁头的大红旗，飘扬在确山城头。杨靖宇领导的确山农民暴动取得胜利，首次解放了确山县城，这也是河南最早的一次农民暴动。

确山农民暴动成功后，杨靖宇、张家铎、李鸣岐、刘青凡等在驻马店曾编写了一篇唱词《打确山》，称颂确山农民暴动。在当时，这篇唱词石印后大量散发，在群众中广为流传：

日头出来红满天，受人欺侮怎心甘。
要是不想当牛马，拼命和他干一番。
北方八军来得欢，他的军队出奉天。
从前军长郭松龄，现任军长魏益三。
伪军要占河南省，确山县里把营关。
民宅单拣堂屋住，还要银子还要钱。
每两银子六十四，另外又加特别捐。
还要米来还要面，又要柴来又要钱。
白天出城把树锯，夜晚出城把人拴。
群众逼得无其奈，组织起来和他干。
正月十四把火点，一直烧到三月三。
红枪会、义和团，提刀拿枪到城边。
捉住劣绅整四个，魏楚何田把名宣。
欧阳炳炎张立山，带领人马有万千。
南五有个李天道，北十有个张广汉。
有青年，有壮年，青年壮年一齐端。
红缨枪，一大片，红缨扬起遮满天。
常言人多力量大，这话真是不虚传。
围住确山五天整，抬枪扛炮打得欢。
到底群众力量大，八军劣绅都胆寒。
三月初七夜过半，打开西门窜了圈。
人民武装进了城，治安委员把民安。

苛捐杂税都废除，全年钱粮豁免完。

群众看了这布告，哪有一个不喜欢。

4月9日上午，杨靖宇主持召开确山暴动义军与全县人民群众参加的祝捷大会。会上由张家铎宣布五项入城决定：

一、确山暴动义军正式命名为：确山农民自卫军。总指挥为杨靖宇，党代表为王克新，政治委员为张家铎，并设置司令部与政治部两个机构；

二、除留守的自卫军武装部队外，各路义军开回原地待命；

三、由即日起取消县政当局所摊派的一切苛捐杂税，并开仓赈灾；

四、没收四大劣绅和军阀的财产，充作军费；

五、农民自卫军要严守军纪，不许有军阀作风，一切行动听指挥，要保护人民群众的利益。

最后，杨靖宇讲话。他激动地说："农民革命一步接一步，任重而道远，我们不能停下来，不能闹半截子革命，要争取革命完全成功。现在四大劣绅逃走了，但他们的根基还扎在确山县里，我们就要把它挖出来，不彻底摧毁它不行！"

4月11日，林壮志、王克新根据中共中央关于在北伐时期，为迅速发展农民运动，不便公开使用共产党名义开展工作，各地均应使用国民党名义，同北伐军接洽和配合工作的指示精神，正式成立了"国民党确山县党部"。推选杨靖宇、李鸣岐、张耀昶、李则青、张智才为执委，杨靖宇为常务委员。书记长一职留待国民党河南省党部派员充任。并于城关、古城、驻马店、刘店分设4个区党部。

4月19日，由武汉政府监察院委员于树德（1894—1982，字永滋，河北静海县人。早年曾加入中国同盟会。1911年参加辛亥革命。后入天津北洋政法学堂读书，是李大钊的同学。1922年6月，经李大钊介绍加入中国共产党。1923年6月，赴广州列席中共第三次全国代表大会）所率领的慰劳河南军民代表团，会同国民党中央军事委员会政治部代表袁达时（1901年生，湖南湘潭人。又名袁正道等，亦名袁大石等。1921年加入中国社会主义青年团，1922年初转为中国共产党党员，后叛变。中共第五届中央候补委员，1928年6月除名）所率领的宣传列车，到达确山火车站，同车到达的还有国民革命军（北伐军）政治部前线工作组负责人胡伦（1901—1978，原名胡明德，字志敏，广安市广安区协兴镇人。与邓小平一起赴法留学的中共早期党员）。专列一到站，王克新、杨靖宇、李鸣岐等人便率领确山县各界代表200多人迎上前去，举行了盛大的欢迎北伐军仪式。杨靖宇致以热烈的欢迎词，于树德致答谢词。第二天，为了体现国共合作政策，王克新、杨靖宇、李鸣岐等同武汉方面各代表团的首长，共同讨论并制定确山县的民主建政方案、农民自卫队整编措施、农协支援北伐军任务，吸收国民党河南省党部左派和中共豫区党员参政意见，以及相关的实施办法、细则。

4月24日，在武汉国民政府慰劳河南军民代表团、北伐军总政治部前线工作组和国民党中央军事委员会政治部宣传列车代表的指导下，在确山县城南山坡原天主教堂旧址，召开确山县首次各界人民代表大会。到会代表200多人，民主选举产生了河南省有史以来第一个革命政权——确山县临时维持治安委员会。杨靖宇、李则青、张立山、张家铎、张耀昶、王泽显、董子祥7人为常务委员，杨靖宇为常务委员会主席。下设财政、教育、清理逆产、管狱等委员会，由常务委员等分工负责。任命李述曾为警察所长、李鸣岐为治安总队队长。可以说，一切大权都掌握在代表工农利益的中国共产党党员手中。但不设县长，由临时维持治安委员会主席主持县政，常委负责刑事、民事案件的处理。此时，确山县国民党党部委员长，由李鸣岐出任。其实，确山县国民党党部就是中国共产党指导确山革命的战斗指挥部。

4月27日，杨靖宇组织召开群众欢迎会，欢迎北伐第八军进驻确山和驻马店。在这次大会上，正式宣告成立了国共合作的民主新政权——确山县临时维持治安委员会。同时，中共中央从武汉派来共产党员贺俊夫担任特派员，同国民党左派进行合作。贺俊夫带来了中共中央宣传部编印出版的《湖南革命》（即毛泽东同志写的《湖南农民运动考察报告》）一书，由中共中央宣传部部长瞿秋白写了序言。杨靖宇把《湖南革命》一书当成农民运动的兵书来看，感到比周报上的内容简介解渴得多。

1927年4月30日的《汉口民国日报》，在头版头条发布通栏标题新闻：《确山成立农工县政府》的长篇报道，指出："农工组织政府，确山首先实现，在革命史上是很光荣的一件事。在农工运动上也很有价值的啊！"当时，英国伦敦《泰晤士报》也惊呼："中国河南出现了'苏维埃'！"

5月5日，杨靖宇在徐中和、李则青两位党员的介绍下，履行了入党宣誓程序。此前，两位介绍人找杨靖宇谈话并告诉他：蒋介石在上海发动了"四·一二"政变；张作霖在"四·二八"竟将中国共产主义先驱、中国共产党的创始人之一李大钊秘密绞死……问杨靖宇敢不敢此时宣誓加入中国共产党？杨靖宇非常坚定地说："革命必定有牺牲，我不怕死，我的生命和一切都交给了中国共产党，为了主义死也值！"于是，两位入党介绍人带着杨靖宇来到了确山县城福音堂的楼上一个房间里，举行了秘密入党仪式。

在白色恐怖肆虐、中国革命处于最低潮的危难之际，杨靖宇毫不犹豫、毅然决然地加入了中国共产党。在党旗下，他庄严宣誓：服从组织，严守机密，献身革命，永不叛党。

就这样，在大革命失败的前夜，在蒋介石和张作霖屠杀革命者、北方党组织已遭到严重破坏的腥风血雨中，杨靖宇发出了把自己的一生献给党、献给革命、献给人民的誓言，在以后13年的岁月里，从中原大地到白山黑水，杨靖宇用自己的一生，模范地实践着这个誓言。

5月中旬，杨靖宇同王克新、张家铎一起，积极配合支持了贺俊夫、李鸣岐反对国民党确山县党部主任委员郑振宇所进行的"清党"斗争。最终，将反共分子郑振宇清除出县党部，并驱逐出确山县境。

5月13日以来，北伐的锐势迅猛异常。第一集团军第四路唐生智（1890—1970，字孟潇，号曼德，湖南省永州市东安县人，中华民国陆军一级上将。保定陆军军官学校毕业，历经中华民国建国到解放战争开始时期，并在国民党中担任不同的重要职务）的各部相继由驻马店一线出击，沿京汉路向北猛攻，到5月下旬已使豫中战场起了决定性的变化。时任中共中央军事部长、军政关键人物的周恩来，在5月25日列席了中共中央在汉口召开的政治局常委第十次会议之后,即带领原为湖北省委军委领导人的聂荣臻、欧阳钦(1900—1978,号惟亮。湖南宁乡人。1919年赴法国勤工俭学,参加了中国留法学生爱国请愿活动。1924年加入中国共产党。1925年8月,到苏联入军事训练班学习。1926年回国,入叶挺独立团,参加了北伐战争。从新中国成立初期到20世纪60年代,长期担任中共黑龙江省委第一书记和东北局第二书记)等中共中央军事部成员一行,会同北伐军第一集团军第四路总指挥唐生智,以及武汉国民政府战区农运委员会的领导,乘专列亲临北伐前线的中原指挥中心驻马店,进行战区视察,鼓舞士气。周恩来所率领的中共中央军事部一行,住在驻马店镇中一家饭庄,专门召见了中原第一个农民暴动取得农工政权的确山县党政农运领导人和武汉方面所派来的特派员汇报工作。

5月26日,杨靖宇、李鸣岐、张家铎和贺俊夫等人,一大早抵达周恩来部长的寓所,详尽地并有条理地向周恩来做了工作汇报。周恩来听完汇报后,表示嘉许并作了高度评价:你们确山县的工作开展得好!为全国的革命运动提供了十分有益的经验教训。我们共产党必须要有自己的武装,有了武装就可以夺取政权。在夺取了革命领导权之后,而不去掌握政权,那就不可能最后夺取革命的胜利。

杨靖宇认真聆听周恩来部长的评语,而后提出问题说:"前几天,中共中央常委张国焘同志代表中央来视察,指责确山在现阶段建立的农工民主政权和农民革命武装自卫军,与北伐军第三十五军军长何键派来接收县政的县长张廷柱发生了冲突并造成了分裂。因此,勒令我们必须交出县政权,解散临时维持治安委员会和治安总队。这件事令我们十分难堪,不知所措。"周恩来当即严肃地提出指导意见说："现在你们的力量还很小，须采取灵活策略，顾全大局。可以保留武装，也可以借助北伐军的力量发展武装。总之，要想尽一切办法，牢固地掌握枪杆子，而且要坚持下去。"周恩来的指示，使杨靖宇坚定了武装斗争的信心与决心，并表示："一定干到底，总会成功的！"

5月31日，北伐革命军攻克郑州，接着占领开封，第二次北伐取得重大胜利。开封、郑州、洛阳等城市举行"北伐胜利总庆祝"。确山县城也于同时集会庆祝。在确山县临时治安委员会组织召开的万人参加的欢庆第二次北伐胜利大会上，杨靖宇饱含激情地拟写了一副对联，挂在主席台两边：

"庆今日克服郑汴澄清黄河水　祝他年直捣幽燕扫尽长城灰"

庆祝大会上还教唱了杨靖宇、王克新连夜作词谱曲的《确山暴动胜利歌》：

一声号令震破山，农民暴动得确山。
义军领袖马尚德，李鸣岐来张立山。
还有军师张家铎，指挥大军五万三。
打倒土豪四劣绅，开弓没有回头箭。
吓得军阀弃城走，团防兵营全被歼。
活捉县长王少渠，义旗插上城楼尖。
确山万众齐踊跃，凯歌响亮冲霄汉。

迎来北伐革命军，军民解放河洛汴。

6月12日，武汉国民政府突然下令确山县治安委员会必须将地方政权移交给冯玉祥国民军委派的河南督军靳云鹗。靳云鹗原属直系前线部将，投降冯玉祥后，摇身一变为河南军政大员。中共河南省委只得指示杨靖宇等共产党员，将"确山政权"交给靳云鹗派来的县长熊笃文，宣布解散临时治安委员会；将杨靖宇、张家铎等7名委员调到县党部去做党务。熊县长要求将农民自卫军也交出来，杨靖宇、李鸣岐等人经过认真商量、反复研究后，觉得不能把农民自卫军马上交出去，并推说："四大劣绅尚未归案，需保护各级农会，待熊县长组建县团防营后再交。"当时熊县长没有武装，确山暴动起义的红枪会首领王杰英，主动带红枪会为熊保驾。但农民们来办事，不买熊县长的账，仍然找杨靖宇等人处理。

7月4日，确山县的反动势力死灰复燃、卷土重来。四大劣绅之一的何明义，纠集当地劣绅杨子禄、张养浩、高景舫等地主民团一千余人，并勾结驻豫南的靳云鹗所部旅长张德枢（1891—1972，陕西兴平市店张镇莪子村人，原名张秉彝，国民革命军第二集团军少将），派一个营的兵力，包围确山县城。声言要实行农村自治，反对打土豪分田地的农民运动。杨靖宇、张家铎、李鸣岐立即率领农民自卫军两个武装大队200多人进行抵抗。当时，王克新、贺俊夫还没有得到"宁汉息争""蒋汪合流"的准确消息，因此对何明义地主武装反扑毫无准备。事发后还抱有幻想，期望借助撤往武汉的北伐军的威力，去抵御来犯之敌。到了夜间，李鸣岐通过北伐军的关系，得到消息说：国民军不支持农民运动。此前，林壮志已调离驻马店"特支",又未接到武汉党中央应变的指示,杨靖宇、王克新根据周恩来接见时的指导思想,立即决定采取保存实力的新策略,甩掉县城这个包袱,撤到农村去打游击。杨靖宇、张家铎、李鸣岐遂于拂晓前指挥农民自卫武装撤出县城。在农协常委董子祥的引导下,迅速撤离到确山城东南的董庄。但出城后,红枪会的首领王杰英带500多人,中途甩掉熊县长,不辞而别。

7月5日,王克新在回省委前,因贺俊夫、李鸣岐去汉口请示中央,决定徐子荣兼代理县委书记。并同时决定:杨靖宇、张家铎、张耀昶率主力回师确山县城北;张立山、李则青带一部分武装回到确山县城东,展开游击活动。

7月13日,中共中央发表了《中国共产党中央委员会对时局宣言》,宣布撤回参加国民政府的共产党人。指示湘鄂豫三省为准备应付突然事变的到来,必须要紧急地撤退大批共产党员,并将大革命时期处在公开状态的共产党组织迅速转入地下。此时,党组织指派杨靖宇到开封、洛阳、信阳等地从事秘密工作,党组织负责人关切地提醒他:尚德啊,你这大个子特征很明显,外面到处抓"大马"呢,改个名儿吧,安全点儿。杨靖宇赞同地表示:谢谢组织上的关怀,我也正考虑这事呢。要改我就改叫张贯一吧。随我母亲姓张,牢记慈母培育,"一以贯之"坚持革命不动摇!这样,一直到1929年7月他到抚顺煤矿做工运工作时,就叫张贯一了。在抚顺煤矿,他发现不少矿工都是山东人,自己的"确山腔"与山东曹州口音又颇为相近,就和矿工们攀上了"老乡",与他们朝夕相处。但矿工们不习惯管"自己人"叫"大号",都叫他"山东张"。至于"张贯一"这个大号真正出现的地方,只有两处,那就是在他因叛徒出卖,两次被捕入狱的审讯笔录上。

刘店起义

  确山暴动的成功和革命政权的建立，对于饱受军阀豪绅残害荼毒的豫南百姓而言，总算是盼到了扬眉吐气的曙光。但好景不长，确山起义成功之际，正是国民大革命即将失败之时。这时，蒋介石"四·一二"反革命政变已发动近两个月，奉系军阀在北方的黑暗统治也日甚一日，特别是 4 月 28 日李大钊等 20 位革命者在北京就义后，国共两党在北方的组织均遭到严重破坏，几乎陷于瘫痪。在刚刚挣脱北洋军阀枷锁的中原大地，情况也极不乐观，由汪精卫主持的武汉国民政府，虽然名义上还打着"革命"旗号，实则早已与蒋介石暗中勾结，准备公开叛变，在此期间，基于国民党内部争夺权力地盘的需要，汪精卫又把河南作为"礼物"完全送给冯玉祥。而冯玉祥更在汪精卫公开叛变前，于 6 月 20 日在徐州会见蒋介石，决议一致反共，随即在所部"清党"，将共产党人和进步人士解职后"礼送出境"。河南人民还没有从北洋军阀的压迫下挺起腰身，就又被国民党新军阀置于水深火热之中。

  1927 年 7 月 15 日，距确山暴动胜利不足一百天，汪精卫领导的武汉国民政府公然背叛孙中山总理遗嘱和国共合作政策而断然叛变革命，发动了"七·一五"政变。14 日夜，汪精卫在武汉召开秘密会议，确定分共计划。15 日即召开分共会议，公布《统一本党政策案》，正式与共产党决裂，封闭武汉的工会、农会，疯狂屠杀共产党员和革命分子，提出"宁可枉杀一千，不可使一人漏网"

的口号。死心塌地投靠了南京政府的蒋介石。因南京简称"宁",武汉简称"汉",史称"宁汉合流"。

为了总结大革命失败的经验教训,确定中国共产党在新时期的斗争方针和任务,1927年8月7日,中共中央在汉口原俄租界三教街41号(今鄱阳街139号)召开了中央紧急会议,即"八七会议"。这次会议是第一次国内革命战争失败以后,在关系党和革命事业前途和命运的关键时刻,中共中央政治局召开的紧急会议。会议批判和纠正了陈独秀右倾机会主义错误,撤销了他在党内的职务,选出了新的临时中央政治局,确定了土地革命和武装斗争的总方针。毛泽东出席了这次会议,并提出了著名的"枪杆子里面出政权"的论断,会后,毛泽东受中共中央委派,以中共中央特派员的身份前往长沙,领导湘赣边界的秋收起义。会议通过了《中国共产党中央执行委员会告全党党员书》等议案,给正处于思想混乱和组织涣散的中国共产党指明了新的出路,为挽救党和革命作出了巨大贡献。

9月初,中共河南省委按照"八七"会议精神作出了《河南目前政治与暴动工作大纲决议案》,决定在全省组织武装暴动。9月中旬,确山县代理县委书记徐子荣(1907—1969,河南确山人,1927年加入中国共产党。曾任中共确山县委书记。参加并领导确山农民暴动。1928年后在北平从事党的秘密工作。1937年后任中共山西工委秘书长,太行区委宣传部、组织部部长,太行区五地委书记,八路军豫西人民抗日游击队政委。参与开辟了豫西抗日根据地。后任新四军第五师旅政委、华东野战军师政委、华北野战军纵队政委、第一野战军第十八兵团军政委。参加了中原突围、莱芜、孟良崮、涟水、太原等战役。新中国成立后,历任公安部办公厅主任、副部长，国务院内务办公室副主任。是中共第八届中央候补委员，第一、二届全国人大代表，第三届全国人大常委会委员，第三届全国政协常委），在刘店乡双桥村张立山家中组织召开有杨靖宇、张家铎、李鸣岐、李则青、张耀昶等参加的县委成员扩大会议。会议首先原原本本传达了中共中央"八七"会议决议和河南省委关于发动农民秋收暴动的决议，以及"八一"南昌起义的精神；会议的第二项内容：重点对确山暴动前后的工作经验教训进行了认真总结，对今后工作如何开展作出了决定。会议认为，以前工作的重点偏重上层，只注意联络红枪会首领，忽略了广大群众，因此形势发生变化后，整个活动失去了依托。鉴于此，会议决定以后工作重点应放在工农群众身上。领导人分散活动、加强联系、发展队伍、积蓄力量，准备组织发动第二次暴动夺回县城。最后，制定了刘店秋收起义暴动计划。杨靖宇依照确山县的实际情况，在会上提出了组织刘店秋收起义暴动要达到的具体目的。

会后，杨靖宇、张家铎、李鸣岐等人分别进行准备工作。他们奔波于各村、乡之间，昼夜奔忙，整顿党的组织，发动群众，筹集枪支弹药，并组织起一支50余人的农民敢死队作为暴动的主力军，抓紧时间，日夜训练。

10月下旬的一个晚上，在刘店北吴庄的"豫南特委办事处"组织召开中共豫南特委和确山县特支联席（扩大）会议。会议研究、确定了武装起义的具体时间和地点。根据大家意见，杨靖宇提出起义地点定在刘店镇，并向大家讲明了四点根据和理由：1. 刘店地处确山、汝南交界处，反动势力相对薄弱；2. 刘店是确山县的东大门，占据此镇可造成对确山县城反动势力的直接威胁；3. 刘店群众基础好，便于发动；4. 大恶霸李广化是还乡团头子、地方民团团长，穷凶极恶，血债累累。据侦察，李广化有二三十条枪，消灭他，既能够为民除掉一大祸害，又可以武装自己的队伍，扩大革命影响。

根据杨靖宇的提议，会议进一步研究讨论了"刘店农民秋收武装暴动计划"的具体实施步骤。会议决定：起义时间为11月1日；起义总指挥为杨靖宇；王克新为党代表；李鸣岐、徐子荣、张家铎、虞松如为副总指挥。

为了鼓舞同志们的斗志，王克新在会上还传达了一个令人振奋的消息：中央政治局候补委员、中央特派员毛泽东，已在"八七"会议后亲赴湖南指导农民运动，同湖南省委一起，于9月9日，在湘赣边发动了秋收起义。起义的武装农民和士兵5000多人，现正向罗霄山脉进军。他就是我们的榜样，我们豫南的同志，尤其是确山县的同志，都要紧紧跟上毛泽东，在河南打响刘店秋收起义的第一炮。

1927年11月1日，杨靖宇和李鸣岐、虞松如等集合同志及农民军六十余人，于夜半之后向刘店镇进发，秘密接近刘店四周寨门。同时通知附近各村农民前来参加战斗。黎明之际，杨靖宇指挥农民军包围了李广化的民团团部大院。李部团丁多系土匪出身，当发现团部已被包围后，便凭借高厚院墙负隅顽抗。双方激战数小时。激战中，杨靖宇一方面指挥起义军英勇作战；一方面不顾危险大声向顽抗的团丁喊话："团丁弟兄们，你们是穷苦出身，生活没办法才来当团丁的，是好兄弟，只要缴枪，决不杀你们。我们只找大恶霸李广化算账，你们不要替李广化当走狗……"在杨靖宇的攻心战术下，敌团丁纷纷缴枪投降，刘店即被农民军占领。恶霸李广化因属岳维峻部下张德枢旅之编制，于头天晚上去县城与张接洽，当日晨，其在返回刘店途中听到枪声，仓皇逃回县城。

刘店被暴动农民占领后，中共豫南特委书记王克新来到确山刘店。11月3日上午，确山县农民代表大会在刘店召开，出席代表有40余人，代表20多个保（全县为41个保）。会议决定成立确山县革命委员会，选举出李鸣岐、杨靖宇等11人为县革命委员会委员，李鸣岐任主席；决定组建确山县农民革命军。农民革命军编为一个大队，下设三个中队，由杨靖宇任总指挥。下午，豫南特委书记王克新宣布，正式成立中共确山县委，李鸣岐任书记，杨靖宇等为委员。

刘店暴动胜利和县农民代表大会召开的消息很快传开，确山县广大人民群众欢呼雀跃，他们奔走相告，到处呈现着胜利后的欢乐景象。刘店回到人民手中，从此，收苛捐杂税者再不敢往县东走一步，生怕遇到杨靖宇领导的农民革命军。这期间，在县委领导下，杨靖宇率领农民革命军将以前在城中充当教练的恶棍李锡庄和确山南五保大劣绅徐克亮逮捕枪毙。同时，在刘店镇召开了有一千多人参加的群众大会。当时刘店街头巷尾贴满了"打倒封建势力""打倒军阀""打倒土豪劣绅""开展土地革命"等标语，几条街巷挤满了农民群众，他们都兴奋地庆祝暴动胜利。大会结束后，杨靖宇带领千余农民举着红缨枪、大砍刀进行示威游行，并包围了张庄豪绅、前确山县警察所长张化鹏住宅，将张逮捕，罚大洋600元，并实行开仓放粮，把30石粮食分发给穷苦农民。

……

杨靖宇等领导的刘店武装暴动是在中国共产党的"八七"会议

之后，继湖南秋收暴动，于河南开展的一次重要革命活动。它再次震撼了中州大地，锻炼了确山广大农民群众，提高了他们的革命积极性和阶级觉悟。

新组建的确山县农民革命军在总指挥杨靖宇，党代表李鸣岐的率领下，在河南确山、汝南、正阳、信阳等地区，广泛开展农村游击战争，创建了纵横100多里范围的游击根据地，拉开了河南土地革命战争的序幕。

王楼伏击

1927年11月末，正当杨靖宇等计划根据联席会议精神率农民革命军西进小乐山建立根据地时，反动伪县长高子元和驻扎在确山县的国民军三旅旅长张德枢奉国民党河南省"剿匪"总司令部对农民革命军实行"痛剿"之命，率反动武装五百余人向活动在豫南的农民革命军展开了进攻。敌军出城后，直奔刘店，而后又掉头向汝南王楼扑来。

当时，杨靖宇率农民革命军正在汝南境内的王楼村一带积极开展反霸斗争，于11月26日捕获当地土豪吴清士、吴尊贤父子，从其家地下挖出大洋500余元及铜钱200余串，准备向群众分放钱粮。12月2日晨，正当开仓放粮之际，有农民前来报告，城内敌军已到刘店。杨靖宇等派侦探前往了解实情。但侦探尚未出庄，敌军即已来到。杨靖宇等得知敌人"进剿"王楼的消息后，即组织前来领取粮食的农民群众迅速向北撤离，同时指挥农民革命军战士分别奔赴王楼村头，在村南、村东、村西三面埋伏准备应敌。敌人见大片人群向北撤走，误以为是农民革命军惧战逃窜，便大摇大摆地进村，进至王楼村头，首先遭到埋伏在打谷场垛后的一中队的打击。而后，埋伏在村东树林和村西竹林的两个中队也向敌人猛烈开火。敌军一时呈现纷乱状态。

战斗中，农民革命军各部在杨靖宇的指挥下，面对十倍于我的敌人，毫不畏惧，与之顽强拼搏。特别是一些没有枪支的队员脱下上衣，光着膀子挥舞大刀向前冲锋，表现出大无畏的勇敢精神。这次战斗，共毙伤敌兵六十多人，给予敌人以较大杀伤。

但后来，由于我军指挥失误，当敌军占据河堤有利地势开始重新组织进攻后，指挥部仍命令冲锋反击。结果，使农民革命军暴露在敌人火力之下。在第二次反击战斗中，正准备冲锋时，总指挥杨靖宇腿部中弹，特务队长张家铎右臂负伤，由蔡训明同志将他二人架回后方。此时正面只剩豫南特委书记王克新及李鸣岐二人，他俩正准备组织指挥农民革命军集合在一起冲锋。刚走没几步，王克新被子弹射中胸部，跌倒在地。此时，形势十分危急，为保存部队有生力量，李鸣岐、张耀昶率农民革命军撤出阵地。敌军也不敢恋战，在王楼及附近几个村庄抢掠一阵后返回县城。

王克新、杨靖宇、张家铎负伤后，被送往驻马店南一家医院治疗养伤。王克新因伤势过重，于1927年12月8日牺牲。自1927年9月下旬王克新就任中共豫南特委书记以来，杨靖宇在和他共同生活战斗中建立了深厚的感情。王克新的英勇牺牲使杨靖宇万分悲痛，他暗暗发誓：一定为王克新书记报仇雪恨！

杨靖宇在王楼战斗中，腿部中弹负伤后，为躲避敌人搜捕，不得不四处转移，曾先后在汝南岳父家及张庄、驻马店南的周庄等地亲属家养伤。以后，又到驻马店普济医院治疗、养伤。

杨靖宇在革命斗争中，长时间离家在外，虽不免思念家人，但难以脱身离开部队，顾及自己的家庭。由于杨靖宇参加领导农民暴动，名声四扬，其家庭屡遭国民党反动派摧残，共五次被抄家，牲畜家具被抢光，房屋也被敌人放火烧毁。杨靖宇的母亲、妻子生活极其艰难，常常是食不果腹，衣不避寒，不得不求助亲友帮助度日。不仅如此，国民党反动派捉不到杨靖宇等农民运动领导人，便把主意打到他们的亲属身上。在艰难困苦的条件下，杨靖宇的妻子郭莲只得带着婆母张氏和儿子从云，到处躲避敌人的追捕。阳春三月，已经临产的郭莲，行走十分不便，且无处藏身。不得已，张氏就带着儿媳和小孙子四处流浪，要饭过活。3月23日（农历闰二月初二），郭莲在古城东北大郭庄村外的一个不足两平方米的秫秆棚里生下女儿。第二天，张氏找来一辆葫芦头车把郭莲拉到小郭庄，郭莲在一个新搭的草棚里坐了月子。

女儿出生第五天，杨靖宇才来小郭庄看望妻子儿女。母亲让他给孩子起个名字。杨靖宇考虑了一下，便给女儿起了个小名叫"躲儿"，意思是不让女儿忘记国民党反动派的迫害，让家人在李湾住不了，东躲西藏，躲到小郭庄姥姥家。杨靖宇的母亲说，"好！就叫躲儿"（后取名"马锦云"）。之后，他又去李湾看望二叔和四叔、四婶。同年夏天，一伙白匪军又来抄家，李湾村的红军家属四处躲藏。杨靖宇的妻子郭莲怕投靠亲属连累人家，只好扶着婆婆带着两个孩子藏在野外，一个月后才敢回村里。8月，国民党军再次来到李湾村，杨靖宇的四叔马鹤龄（曾参加过确山农民暴动）被敌人残忍杀害。

数年后，杨靖宇的女儿长大了。有一天，杨靖宇的母亲打开手中的包袱，对孙女"躲儿"说："这里面有你爹的一张相片、三本书、一件衣裳。咱分开拿着，不要叫白匪军抢了去。"为了保护好这张相片，杨靖宇的女儿让妈妈把自己的小薄棉衣里子从后心拆开一块，把这张珍贵的相片缝在里面。在以后的日子里，每当家中遭到困难，遇到敌人迫害时，杨靖宇的妻子总让"躲儿"把小棉袄后心里子拆开，把杨靖宇的照片拿出来，眼含热泪看过来看过去。一次郭莲把这张珍贵的相片摆在儿女面前说："你们把相片保存好，等革命成功了，红军回来了，拿着相片去认你爹吧。"

以后，杨靖宇的母亲由于忧愁，加之想念儿子心切，老人家一双眼睛竟然哭瞎了。在国民党反动派的迫害下，在极其艰难的岁月里，杨靖宇的妹妹马爱于 1930 年 3 月 12 日去世，母亲于 1936 年 8 月 13 日去世，妻子郭莲在抗日战争刚胜利时，即 1945 年 9 月 13 日也离开了人间。

深入信阳

1928 年 5 月 2 日，豫南特委召开各县代表会议，详细布置了麦收前发动豫南暴动的准备工作，并确定了近一个时期内的各县工作方针。会后根据进一步做好豫南党的工作的需要，中共豫南特委决定，杨靖宇以特委巡视员身份到信阳巡视工作并从事恢复党组织工作。

信阳党组织在 1927 年 4 月即遭到严重破坏。为了恢复这里的党组织，杨靖宇遵照上级组织的指示，不畏白色恐怖，只身来到信阳。他到信阳后，通过织袜厂地下党联络员徐炳兰找到原县委的几个同志，即着手恢复党组织工作。杨靖宇紧紧依靠原县委同志，通过耐心细致的思想政治工作和组织工作，使自农运失败以后，遭受破坏的党团工作重新得到恢复。到5月末，经过重新登记的同志已有80多人。

在信阳，杨靖宇住在中共党员徐延曾（徐炳兰之侄）家。徐家是书香门第。杨靖宇和徐家老少相处得十分融洽，亲如一家。白天，他四处奔波，有时装扮成学生去师范学校活动，有时化装成锔锅的"轱辘匠"，走街串巷从事秘密工作。晚上，就看徐家的藏书。让杨靖宇特别感兴趣的一本书是《孙子兵法》，他结合自确山暴动、刘店起义以来在豫南的历次战斗，反复阅读，深究内中原理。《孙子兵法》的军事思想，对杨靖宇以后从事抗日武装斗争、掌握、运用游击战争战略、战术具有极大的帮助。

1928年7月7日，中共河南省委常委、组织部部长黎光霁（1900—1972，又名黎晴岚、黎琴南，陕西省宁强县人。1900年出生于宁羌州城北一官吏名仕家庭。少年随父到福建宁化读小学。1917年到上海，先后就读于中华工业专门学校附中、复旦公学预科和文学系。大革命时期曾任中共开封市委书记，河南临时省委书记，河南省委常委、组织部部长）到信阳巡视工作，当晚与杨靖宇等人分别谈话了解情况，决定次日召开县委扩大会议，组建新的中共信阳县委，新县委由杨靖宇担任书记。7月8—10日，召开了县委扩大会议，与会者16人。会议讨论了信阳工作报告及今后的工作方针。12—13日又召开了活动分子会，到会者12人。会议自晚10时开至次日晨6时，选举产生了以杨靖宇为书记的新县委，两次会议对信阳工作作出了认真的全面部署。

　　杨靖宇担任县委书记后，首先主持起草了关于信阳工作的决定，指示以工人运动为中心工作；积极领导洋河等地的农民斗争，普遍发动群众；在反帝及民众运动中恢复城市工作；这时日军已侵占济南并制造了屠杀中国军民数千人的"五三"惨案。秋冬之际，在县委和杨靖宇的领导下，信阳县的群众斗争此起彼伏，其中有平民工厂党支部组织工人进行的要求按期转正、驱逐恶霸流氓厂长的斗争；有"双十节"之夜党团员在全城散发传单和张贴标语的斗争；省立第三师范党支部按照杨靖宇的指示，于10月通过发动群众和民主选举，掌握了省立第三师范学联的领导权，12月又以校学联名义组织学生，抗议校方借修建礼堂搜刮民财。所有这些斗争，都为群众赢得了一些利益，学生斗争还受到社会舆论的好评。

　　杨靖宇在白色恐怖的条件下从事秘密工作，严格遵守党的地下工作纪律，时刻保持高度警惕。遇事沉着冷静、巧妙应对。一次周末，杨靖宇到河南省立第三师范（位于信阳小南门内大街北），与学校党组织负责人周超平在小南门外河边沙滩上，召集一次校内党团活动分子秘密会议。会上，杨靖宇总结了"双十节"晚上游行和散发传单的成绩，又布置了下一步工作。这时，一个西北军的骑兵连长带着马队突然来到河边饮马。他见几个学生围在一起，便说："你们这些学生是在这儿开会吧，可不要干共产党，那个搞不得！"顿时，大家都很紧张。杨靖宇却沉着地欠了欠身子摆着手向那位连长说："你可真会开玩笑，我们是星期六没事，出来转转，顺便坐下来闲聊天，谁知道共产党是啥样呢？"那个连长再没说什么，领着人马进城去了。会议继续开着，直至夕阳西下才散。

经过杨靖宇的数月努力,信阳党团组织的各项工作都恢复了起来。对此,中共中央予以认可和重视,甚至将信阳作为河南省委的备选所在地,中央曾于 1929 年 2 月 9 日致函河南省委:"如若开封不能立足,则可到信阳建立省委机关"。中共河南省委也给予高度评价,认为"党的力量在信阳四乡组织大致恢复以后,比较能担负工作,县委亦比较能自己计划工作"。对于杨靖宇的工作作风和化装艺术,当时和他在一起的战友曾做了如下回忆:

> 开会经常是桌上摆着麻将、纸牌,一边来牌,一边说事……时而着装长袍马褂,貌似阔少身份,穿过敌人的层层哨卡;时而穿上中山装,以公职人员出现在闹市街头;或以市民的装束,穿街走巷。由于他工作谨慎、行动检点,虽常在敌人鹰犬监视下活动,但每次都顺利地完成了任务。

尽管如此,在白色恐怖之下,革命者就不免随时与风险相伴。1929 年 3 月初,信阳共青团县委机关遭敌人破坏。一天,杨靖宇去原县委交通员吴绍堂家,正赶上几个便衣侦探在吴家搜查。吴绍堂的嫂嫂见杨靖宇赶在这个危险时候来她家,不由急中生智地说:"我家就欠你二斗米钱,你今天一趟,明天一趟,天天来要,太逼人了。"杨靖宇一听,知道话中有话,就明白是出事了。此时,他镇定自若乘势当着那几个盯着他的便衣侦探的面,冷静地说:"大嫂,你这些话我都听了好几遍了。啥都是假的,钱是真的。你今天非给我钱不行,不然我这样空手回去,老板面前咋交账呢?"说着,便一屁股坐了下来,顺手拿起桌子上的水烟袋嗞噜噜地吸起来。几个便衣见此，交头接耳私语一阵。这时吴大嫂又恳求地说："你多在老板面前说些好话，缓限几天，一定给钱。"杨靖宇见几个便衣解除了疑团，慢慢地站起来，露出无可奈何的神态，将水烟袋啪的一声狠狠地往桌子上一搁说："三天后我还来。"随后便大摇大摆地向门外走去。但敌人不甘心，仍把他带到司令部。这是他第一次被捕。但由于杨靖宇巧妙应付，敌人拿他没办法，最后取保获释。就这样，杨靖宇以其胆大心细和过人的机智，在敌人的眼皮底下脱离了危险。

第三章 临危受命赴东北
深入白区斗顽敌

1929年初夏,杨靖宇在上海学习训练结束后,被中共中央派往东北开展工作,并任命他为中共抚顺特别支部书记。具体领导煤矿工人,积极开展反对日本把头的斗争。正所谓:临危受命赴东北,深入白区斗顽敌!

赴沪学习

1929年6月,根据工作需要和杨靖宇的要求,同时也是为了他的安全,中共河南省委决定指派杨靖宇去上海,参加中共中央组织部举办的中央军政干部训练班。

临行前的一个晚上,正受警察通缉和搜捕的杨靖宇偷偷回到李家湾的家里,"扑通"一声跪在母亲面前,声泪俱下道:"儿子不孝,让您吃苦受累了……"母亲急忙搀起杨靖宇,并千叮咛万嘱咐要他在外边自己照顾好自己……在家里没多大工夫,杨靖宇就急匆匆离开了家。这一次远离家乡,谁也没有想到,竟是杨靖宇与家人的诀别!和哺育他的中原大地的诀别!!!

当年,中共中央组织部的秘密机关设在上海市静安寺附近。时任中共中央军事部长的周恩来,每天清晨或深夜都要到静安寺,阅读各地送来的报告,听取汇报,解决问题。处理问题时,周恩来总是力求细致周详,弄清实际情况,从不粗枝大叶。组织部机关的工作是十分繁重的,各地被打散或失去组织关系的同志大多到上海找党中央;从国外归国的干部通常也是到上海向党中央报到。这些干部分配工作后,特别是派到外地去工作的,只要有可能,周恩来总是亲自找他们谈话。周恩来对政治形势、党的组织状况、秘密工作与公开工作的关系、秘密工作的方式方法,以及具体工作怎样开展等,都谈得很详细,很透彻。各地来上海向党中央汇报或请示工作的干部要求见他时,他也尽可能满足他们的要求,详细听取他们的汇报,提出一些关键性的问题来询问,对各地的工作进行具体指导。因此,在党中央领导成员中,周恩来的工作是最忙碌的,对各地实际情况了解和对干部的熟悉也是最多的。

为了提高各地干部的思想水平和工作能力,1929年,中共中央组织部决定在上海举办秘密干部训练班,每期一二十个人,时间不超过一个月,办三期至四期。周恩来委托中央军事委员彭干臣(1899—1935,又名干成、耐寒、矿涛,化名黄春山、何越。1899年出生,湖北省英山县人。1921年4月加入中国社会主义青年团,1923年12月转为中国共产党党员。1924年5月,彭干臣与许继慎等人被安徽党组织选派考入黄埔军校第一期。毕业后在军校教导团任连党代表，为中共黄埔军校特别支部委员。1925年1月，参加讨伐陈炯明的第一次东征作战，因战功显赫升任营党代表。6月被党组织调到上海开展工人运动。10月赴苏联入莫斯科东方大学军事班学习，与朱德等同班）秘密筹办相关事宜。

在这次训练班学习期间，杨靖宇亲耳聆听了周恩来、李立三等人的报告，还有机会阅读了大量的党内文件和各种专题资料。这是杨靖宇一生中仅有的一次在党中央直接领导下进行的系统政治学习，对他以后从事革命斗争具有重要意义。

杨靖宇在上海中央军政班学习的一个月，开阔了眼界，精神为之一振，思想认识飞跃到一个新的高度。通过学习，杨靖宇对中国革命的规律和特点、对大革命失败的原因及"六大"的基本精神，特别是反帝反封建，实行土地革命，建立工农民主专政的十大政纲，有了更加深入明确的认识。他紧密联系自己在豫南、信阳工作的实际，认识到了革命事业遭到挫折的主客观根源。深感"左"、右倾错误都会给革命事业造成极大危害。他还深切感到革命理论对革命者的重要性，只有用革命理论武装自己的头脑，才能辨别大是大非、明确革命方向，更好地为党工作。

临危受命

1929年7月，中东路事件爆发，中苏边境武装冲突骤起，为应对形势，中共中央决定将在上海培训班学习的全部东北籍同志派回东北，同时加派一些干部到东北工作，杨靖宇就是其中之一。7

月下旬,杨靖宇从上海出发,乘船由营口上岸,随即转赴奉天(沈阳),与满洲省委接上关系。从此,他在这块土地上连续战斗了11个春秋,直至把热血忠魂永远留在了这里。

这时的东北,与全国一样,沦落在半殖民地半封建社会的深渊中,尤其是日本帝国主义的侵略压榨,较关内有过之而无不及。在日本侵略者眼里,"满洲"早已不再是中国的领土,而是所谓"大日本帝国"的"生命线"。

当年领导确山暴动时,杨靖宇所面对的主要敌人就是奉系军阀中的一股势力,如今,肩负着党的重托,杨靖宇亲身来到了白山黑水,与奉系军阀,特别是与日本帝国主义侵略者,进行着艰难曲折、你死我活的斗争。环境是陌生的、任务是艰巨的,但杨靖宇的信念依旧坚定、斗志仍然旺盛!

这时,中共满洲省委已成立近三年,东北革命斗争已在各地展开,但仍然存在着基础薄弱、干部能力不足、总体力量薄弱等许多问题,就在杨靖宇到东北前夕,党中央为加强对东北革命斗争的领导,经谢觉哉推荐,已于6月7日决定派刘少奇(化名赵之启)出任满洲省委书记。7月14日正式到任,杨靖宇到东北后,就是在刘少奇为书记的满洲省委领导下进行工作。

刘少奇出任满洲省委书记后,立即对东北革命格局进行了重新部署,其中,距沈阳咫尺之遥的抚顺受到格外关注。这里是全国乃至世界知名的大煤矿,其中最著名的是千金寨煤矿,这里因煤量多质好,又有"日进斗金"的"吉兆",已成为抚顺煤矿的代表。当时抚顺有产业工人9万余人,其中矿工6万人,满铁工厂、铁路、电厂各1万人。早在1905年日俄战争后,这里就完全沦陷在日本侵略者的铁蹄之下,不仅工矿业主要由日本人经营,更为重要的是行政管理权乃至警察权都完全由日本"行政当局"行使,中国官方无权过问。在这累积如山的民族仇、阶级恨之下,受害最深的,自然也只能是矿工,当地流传着一句顺口溜:"人间地狱十八层,十八层以下是矿工。"日本资本家为了疯狂掠夺煤炭资源,实行野蛮的"人肉开采"政策,强迫工人在无起码劳动安全保障的条件下,进行采掘作业,并随意延长工时、增加劳动强度。甚至对矿工们用血汗换来的微薄工资,日本资本家也不放过,他们采取了货币兑换(当时抚顺金融极为混乱,煤矿发薪用日本金票,但中国人习惯使用银圆,奉系当局的"奉票"也大量发行、急剧贬值,加之兑换差价,工人工资所剩无几)、操控物价、放高利贷,甚至开设赌场妓院、贩卖毒品等方式,无非是想在中国工人的嶙峋瘦骨中再榨出几滴油来。然而更险恶的是一旦出现经济危机,日本资本家的第一要务就是裁减员工、降低成本;一旦发生瓦斯爆炸、矿坑塌顶、冒水等事故,死伤矿工就是成百上千,那些失业和伤残矿工的命运,甚至可以用"生不如死"来形容。"一到千金寨,就把铺盖卖,新的换旧的,旧的换麻袋",这样悲惨的歌谣,记述的还只是抚顺矿工的"家常便饭"。

1927年10月,中共满洲临时省委成立后,一直把产业工人集中的抚顺与奉天、大连、哈尔滨一样作为党的工作四大重点部位之一。1928年8月,抚顺特支成立。至1929年上半年抚顺党的工作已有一定进展,秘密工作开始向炭坑、机器厂、发电所"渐次进行",但整个工作局面尚未打开。1929年5月15日,满洲临时省委在一份报告中说:"抚顺最近有12名同志,都系小铁厂工人。矿工内无组织，支部会难开，小组会同样，工作难进行。"又说："抚顺因工作人员能力弱和幼稚，工作不能进展。矿工总有五千之众，总未打入。斗争日有，情绪特高，最近工作时间减而工资亦减，生活苦，需要得力同志前去发展"。同年6月7日，省委工作会议在研究各地现状讲到抚顺时说："抚顺，半年多只有十二三人，工作人无方法，需派人去。"在谈到干部人员时，认为时任抚顺特支书记安平（又名安达、关世杰、关维汉）幼稚。以上，就是杨靖宇被派往抚顺担任特支书记，开展工运工作的背景。

赴任之际，刘少奇与杨靖宇长谈竟夜，谆谆嘱咐杨靖宇："一项新的工作必然要存在着许多困难，一个共产党员就必须想办法，克服与战胜这些困难。"短短的一席话，却饱含着沉甸甸的信任和期望。以后在抚顺工作的事实证明，杨靖宇不愧为善于想办法克服与战胜困难的"得力同志"。

深入矿工

在当时，辽宁抚顺是东北四大产业中心之一。产业工人集中（仅煤矿、铁路、电厂的工人就近10万人），而且思想觉悟高，革命基础好，满洲省委在此设立了抚顺特别支部。但由于叛徒告密，中共抚顺特别支部负责人被捕，党组织遭到破坏，急需派一位有工作经验的同志打开局面。由于杨靖宇在河南有过领导地下斗争的经历，因此，中共满洲省委即任命杨靖宇为中共抚顺地区特别支部书记，具体领导煤矿工人，积极开展反对日本把头的斗争。

杨靖宇来到抚顺，按照中共满洲省委的指示精神，他把工作的重点放到产业工人中，以八大矿、南满大厂、发电所等为中心开展工作。当时抚顺矿工中山东人居多，杨靖宇便自称是与河南东北部毗连的山东省曹州人，拿起丁字镐，和矿工们一起下到潮湿阴暗的矿井挖煤。起初，矿工们对杨靖宇不摸底细，怕是矿上派来的侦探，都很少与他说话。杨靖宇对此非但不急躁，反而暗自高兴，因为矿工们对自己冷眼相待，正说明他们警惕性高。基于这种情况，杨靖宇和矿工们打成一片，一起吃苦涩发霉的饭菜，一起在潮湿阴暗的坑下采煤。而这对于杨靖宇来讲，绝不仅仅是工作的需要，更是他对劳苦大众的本能情感。缘于此，杨靖宇在生活上和工作中想方设法帮助工人解决实际困难，以取得工人们的理解和信任。

经过一段时间的接触交往，耿直、热心、体贴的杨靖宇成了矿工中的核心人物，工友们都亲切地叫他"山东张"或"张大个子"，有困难都愿意向他倾诉、找他商量。杨靖宇也根据实际情况，采用组织兄弟团、识字班等形式，把矿工们紧密地团结在一起。杨靖宇采用这种切合实际、由浅入深的办法，使得抚顺工人斗争在短期内取得了明显的成效。据时任满洲省委秘书长的廖如愿在给中央的报告中记述：

"抚顺矿工斗争，工人反对工头，改善待遇的斗争，计参加群众达八十余人，曾有多次骚动，完全为我们所领导"，"每天都有各种斗争的发动，工人看到我们的传单，奉为至宝"。

中共辽宁省委机关刊物《共产党员》杂志 1959 年第 15—16

期上,发表了东北烈士纪念馆以当事人的口述史料为基础,由工作人员整理撰写的标题为《杨靖宇将军在抚顺》的报告稿,内容里生动详尽地记述了杨靖宇当年在抚顺深入矿工的真实情形。从中摘录片段如下,或可起到窥斑知豹、滴水映日的作用:

一天黄昏,老虎台矿区发生这样一件事情。一个六十多岁的老工人,由煤洞里出来,由于几天没有吃饱饭,全身不住地打晃,他刚爬上地面,疲惫的身子再也支持不住了,又往前勉强迈了几步,便摔倒在地上,接着吐了两口鲜血,人事不省了。醒来,他发现工头正站在他的眼前:

"先生,我家六口人已经好几天没吃饱饭了,请求借我……"

老工人操着低沉的声音刚说了一半,那四楞眼睛的工头,马上咆哮起来:

"混蛋,谁管你吃饭没吃饭,明天不上工就开除你!"

老工人听到工头的叱咤,无力地闭上眼睛,他又昏迷过去了。

就在这天的夜里,杨靖宇来到老工人的家里。

"大叔,你认得我么?我是……"

"啊,你不是我们矿新来的工人老马么?"

"是的,咱们都是穷哥们儿,都是被压迫被踩躏的煤黑子,平常苦命就连在一起,谁有个天灾病祸更要互相照顾啊!"

老工人望着杨靖宇那高大的身材,方方的脸型,粗黑的两道浓眉毛，觉得这小伙子太可爱了。真的，这位老工人，从矿山刚一开采就来到这里刨煤，他受的痛苦最深，他很愿意把他的苦水，向这位新来的小伙伴儿吐一吐，于是他把杨靖宇拉到床边，有气无力地诉说道："老弟，你还年轻，你没有受到老哥哥这样的苦，我在这个煤窑里已经干了二十多年，因为我命大，多少个大灾大难都逃过去了！"接着这位老工人就把他几次躲过大水、片帮、冒顶的苦难经过细心地述说出来。

杨靖宇听后，马上启发他说："大叔，我们穷人为什么挨累受罪还吃不上饭呢？"

"这是命啊！"老工人低沉地说："人家那些吃香喝辣人就是天生的福！""不能这样讲，大叔——"杨靖宇说："有钱有势的人，用命里注定来欺骗我们，我们可不能信这一套，我们每天每天劳动，刨出上千上万车的煤，可是我们却没饭吃、没煤烧，而那些不劳动的人，却天天吃大米白面，是我们的血被这些日本鬼子、汉奸走狗们吸干了啊！我们要团结起来，和他们斗争才有活路！"

老工人听到杨靖宇的话，不住地点头，那枯涩的老眼，放出异样的光彩。

这时，睡在老工人身旁的小孩儿，饿醒了，他咧着小嘴儿叫着："爸爸，我饿呀，我要窝窝头儿吃……"

老工人叹口气，拍着孩子说："睡吧，苦命的孩子，等爸爸病好了，领来工钱，咱们也煮上一顿香甜的干饭……"

杨靖宇望望窗外,夜已深沉了,他怕影响老工人休息,准备告辞。临走前,他从怀里掏出两块银洋,放到老工人的床边:

"大叔,这里有两块银洋,留着你治病和买口粮吧!"

"这怎能使得呢?咱们都是穷人!"

"不要介意,正因为咱们都是穷哥们,才要团结一致、互相帮助啊!"

几天以后,老工人恢复了健康,他回到矿井时,经常向工人们宣传杨靖宇讲过的道理。杨靖宇在工人群众中的威望大大提高了,再没人拿他当外人看待了!一到休息的时候,大家都团团地把他围住,听他讲革命斗争的道理。

组织罢工

当时,抚顺矿区矿工的死亡率极高,每天都有人被饿死、打死,被爆炸的瓦斯熏死、烧死。而日本矿主为达到最大限度地压榨矿工的目的,还不断地裁减人员、延长工作时间。矿工们劳动强度过大,身体难以负荷,加之生活条件恶劣、疾病蔓延,生活苦不堪言。根据这些情况,杨靖宇决定组织领导煤矿工人开展一次大罢工,为矿工争取权益。

一天,杨靖宇瞅准机会,趁工头不在现场的情况下,向矿工们进行政治动员。他对矿工们说:"弟兄们,我们绝不能再这么忍气吞声了,不能让日本人骑在我们的头上,我们要勇敢地站出来,要拿出力量和日本鬼子较量一番,工人的力量是大的,不能小瞧我们自己。我们每天刨出来的煤，日本鬼子用来开工厂、造机器，我们要不刨煤，日本鬼子的火车、轮船都得寸步难行！"然后他用两只手打着手势对大家说："我们矿工的这两只手就能卡住日本鬼子的命根子。过去，把头们敢那么大胆地欺侮我们，就是因为我们的这两只手没有卡住他们。大家要团结起来，相信自己的力量。"杨靖宇一席话，使矿工们心明眼亮、信心倍增。尔后，根据工人们的一致建议，在古城子坑成立了由杨靖宇领导的罢工总指挥部。

1929年8月16日，日本资本家裁减工人的一张布告贴出来，杨靖宇便果断决定罢工。他对一些矿工骨干说："我们要有步骤地干，要掌握主动权，打击敌人要打在节骨眼上。"接着他对罢工时间、步骤、纪律等作出详细部署。当日12时，随着汽笛一响，罢工开始。矿工们按杨靖宇的具体布置安排，立即展开了有序的罢工斗争。发电所工人把电闸拉下，运输车停驶，机器停转，照明灯停亮。运输工人们推翻了铁轨上的翻斗车，铁轨叉线路被扳道工卡死，煤矿一片混乱。在杨靖宇带领、指挥下，各系、班、组，采煤掌子上的矿工群众冲进日本资本家的炭矿办公处，与之展开说理斗争，提出召回被裁减工人、增加工资、改善伙食和不准加班加点的合理要求。并表示矿上不答应工人们提出的这些条件誓不复工。这次斗争共坚持四天。

四天后，遭受巨大经济损失的日本矿主被迫答应了矿工们的条件，在杨靖宇组织领导下的煤矿罢工斗争取得了胜利，同时也大大增强了中国共产党在工人心目中的威信。

被捕入狱

面对工人力量的日益壮大，日本侵略者心惊肉跳，唯恐工人斗争的烈火蔓延，对组织领导工人斗争的共产党组织和共产党员更是必欲除之而后快。于是，警察特务倾巢出动，白色恐怖笼罩抚顺全城。当时，在反动势力严酷统治的形势下，党的工作尽管采取秘密方式进行，但仍由于某些环节一时出现疏忽，而导致党组织遭到严重破坏。更加不幸的是，名为抚顺地下党成员的范青，实际就是早在1927年即已在大连叛变投敌的内奸胡杰三，这就使抚顺地下党的处境更加危急。

1929年7月26日晚，中共地下党员、抚顺特支委员、千金寨矿区党小组长王振祥等在老虎台附近张贴标语时不慎被日本警察发现，虽侥幸逃脱，但敌人仍寻踪追击、加紧侦察。8月29日，范青（胡杰三）探出王振祥住址，随即密报日本警察署。30日上午，王振祥被日本警察逮捕，在重刑之下很快变节投敌，并供出杨靖宇和抚顺特别党支部的情况。晚上5点，奉抚顺日本警察署长大林太久美的命令，高等系主任蜂须贺重雄带领羽田、高山两名内勤及宋巡捕等警察特务，在叛徒王振祥引领下，将杨靖宇住地抚顺市欢乐园福合客栈包围，进行严密监视。当毫不知情的杨靖宇刚一迈进福合客栈的房间，即遭日警逮捕。日警在杨靖宇的住处还搜出六面红旗和《满洲省委工作计划草案》《二中全会决议与精神》《省委通告第三号》等印刷品，以及一些药品。另外，由于王振祥的招供，8月30日至9月5日，日本警察署还逮捕了古城子、大山坑、东乡等矿的10余名中共党员和工会会员，中共抚顺特别党支部遭到了又一次严重的破坏。

杨靖宇等被捕后，中共满洲省委对这一事件十分关心和重视，曾派人打探消息以便设法营救，当时在东北担任巡视员的陈潭秋（1896—1943，名澄，字云先，号潭秋，湖北黄冈县陈策楼人，无产阶级革命家。1920年陈潭秋和董必武、刘伯垂等7人创建武汉共产主义小组，组织马克思主义学说研究会。1921年7月，出席党的一大。此后，陈潭秋先后任中共安源地委委员、武汉地方执委会委员长、湖北区委组织部部长、江西省委书记、满洲省委书记、江苏省委秘书长等职，领导各地的工人运动、学生运动和兵运工作，为党的事业四处奔波。1943年9月27日在新疆遭杀害，壮烈牺牲于天山脚下，时年47岁）直接领导了这项工作。1929年9月4日，在向中央递交的《关于满洲政治经济及党务的报告》中，陈潭秋写道："抚顺原只在零散工人中与手工业工人中有同志七八人，但非常涣散，不易形成组织。最近党、团各派一个负责人，已在抚顺工人中发展同志三人，党亦新发展同志一人。此次破获，党团负责同志均被捕，仅团员跑出一人。昨天，党团省委及跑出来的团员同志开会讨论抚顺善后及以后工作问题，决定党团再各派一人去抚顺，调查破获的情形、入狱同志的情形及准备以后工作如何进行等。"

当时，日本人控制的《满洲日报》《盛京时报》等报纸也纷纷在重要位置刊登了《共产党地下首领张贯一在抚顺落网》的新闻。报纸上所称的"张贯一"，即杨靖宇。

坚贞不屈

杨靖宇被捕后,被关押在日本警察署拘留所的一个单人监号里。日本警察署根据范青等人提供的情况,断定张贯一就是抚顺新来的共产党"头目",所以当天晚上,日本警察署对杨靖宇即进行了重点审讯。

一栋两层日式小灰楼,坐落在抚顺新站七条通。这就是日本满铁附属地,抚顺日本警察署。在这栋小楼的一头,是日本警察署的高等系,它的后屋便是审讯室。晚8时,杨靖宇被带到灯光昏暗的审讯室。横烟、松尾、翻译官等都坐在审讯桌前,两侧站了好几个气势汹汹的日本刑事。

横烟看见杨靖宇进来,便假惺惺地说:"张贯一,你的这边请坐。"

横烟一边吸烟,一边死死地盯着杨靖宇,一言不发。室内死一般的沉寂,空气像凝固了一样。

杨靖宇曾三次被捕,早已具备丰富的对敌斗争经验。他沉着、冷静,敌人不吱声,他也不说话。

横烟突然发问:"你的原籍什么地方?"

杨靖宇本来是河南省人,他却说:"我是山东省曹州府人。"

问:"你什么时候入党的?"

杨靖宇却所答非所问:"我来千金寨,想开个杂货铺。"

横烟见他不正面回话,便直接提关键问题:"炭矿的罢工,华工街、老虎台的传单你'的'知道?"

杨:"我什么也不知道,从来没有听说过这些事儿。"

横烟很恼火,几次离开桌子狠狠抓起杨靖宇的脖领子逼供:"你的共产党有？通通讲出来！"

杨靖宇很从容地回答："什么是共产党？我不知道，在山东老家听说过，在这儿我没见到……"

横烟阴险地笑一笑说："你看看这是什么？"他一按电铃，墙上的大铁门开了。

一股阴森森的寒气逼来，里边是一间没有窗户的半地下刑讯室。铁索上吊着一个满身是伤，已是奄奄一息的青年人，血从脚尖滴滴流下，地上已是一摊血了。烤人火炉、老虎凳、灌水器械、夹棍，各种刑具应有尽有，几个施刑的日本胖汉凶神恶煞地站在里边。

横烟狞笑着："张贯一，你'的'看看这是什么地方。"这场面对一个胆小鬼来说，也许会吓得魂飞魄散，但对杨靖宇这位久经考验的革命者来说，却是毫无作用的。杨靖宇微微摇摇头，脸上还露出一丝冷笑。

几个小时的刑讯，敌人一无所获。最后，横烟冷笑一声，对杨靖宇说："警察署不光有物证，而且还有人证，你'的'回去考虑考虑吧！不要自找苦吃的。"

杨靖宇被押送进那间八平方米的单人牢房里，屋里除了一个草垫子和一个尿桶外，什么也没有。夜深人静，杨靖宇躺在草垫子上，反复思索着如何对付明天更加严峻的局面。

第二天早晨，日警署高等系主任峰须贺重雄，对审讯又做了重新部署。8点多钟，杨靖宇再次被提到审讯室，由峰须贺重雄主审，横烟协助兼做打手。阴森森的审讯室里，气氛紧张而严峻。

一束强光照在杨靖宇的脸上，更显出他的刚毅和冷静。

峰须贺重雄除重复昨夜提的问题外，重点追问抚顺地下党的情况，杨靖宇仍断然否定自己是共产党。敌人带来一个叛徒与杨靖宇对质。杨靖宇拒不承认和叛徒相识。他挺胸昂首，用蔑视的眼光盯着敌人。

横烟和其他几个日本刑事早已按捺不住了，疯狂地扑上来，狠狠地抽打杨靖宇。一个人打完推给另一个人继续打。面对残暴的敌人，杨靖宇毫不畏惧，他不但不承认自己是共产党，而且还将口中的血水喷吐在打手们的脸上。

峰须贺重雄见杨靖宇不低头，气急败坏地说："拖下去！给他点厉害尝尝！"几个日本刑事把杨靖宇拖到地下刑讯室。将他双腿紧紧绑在一个特制长凳上。这就是"老虎凳"。上这种刑就是往脚下不断垫砖加高，每加一块砖，大筋就要抽长一毫米，受刑者会感到如筋断骨折一般的疼痛。

当加到第二块砖时，横烟问："你是共产党么？"

杨靖宇回答说："不是！"

横烟让掌刑的再加第三块砖。这时杨靖宇昏死过去。

敌人向他泼了一桶凉水，他醒过来。敌人继续追问，杨靖宇依然拒供。

敌人又将他吊起来，边问边抽打他的后背，衬衣被打飞了，血肉又模糊了。

由于他拒不招供，残忍的敌人拿起烧红的烙铁，往他后背的伤口上烙。一声惨叫、一股油烟，血、油同时从背上流下……杨靖宇再次昏死。

就这样反复审问，反复用刑。灌"辣椒水""压杠子"，连续折磨杨靖宇达五六个昼夜。所有的刑罚都用过了，最后，日本警察将遍体鳞伤的杨靖宇扔进了齐胸深的水牢里。伤处受水浸后，如刀割箭穿一般的疼痛。更甚者，水牢里装了一枚大电灯泡，正悬在杨靖宇的头顶，初秋的东北是小蚊小咬肆虐的季节，杨靖宇不仅要忍受刑伤的剧痛，而且还要承受成群的蚊虫在身上叮咬的痛楚。

尽管敌人对杨靖宇施以种种惨无人道的酷刑和折磨，可他始终没吐露半点党的机密。原抚顺日本警察署高等系主任、战犯峰须贺重雄，1954年6月2日在抚顺战犯管理所亲笔供词中写道："横烟对其30岁左右的被捕者进行讯问，这人意志非常坚强，不谈抚顺的组织"，"横烟残暴地殴打他，脊背受伤……"这里的"30岁左右的被捕者"就是杨靖宇。

残酷的刑讯，水牢中的浸泡，使杨靖宇的伤口大面积感染，加之毒蚊的叮咬，他脸面红肿变形，身体开始发高烧。口干舌燥，想要一口开水喝都没有，杨靖宇只好喝脏水，不幸又患了赤痢，每天上厕所十多次。在奄奄一息之际，幸好当时"号里"有几个被捕的矿工冒险通过关系将他救活。但他仍站立不起来，只能躺在"号里"，一切全靠难友们照顾。

日本警察署由于只有叛徒王振祥的口供而无其他证据，迫于舆论，也不敢再贸然加害杨靖宇，最后不得不放弃了酷刑和审讯。

狱中斗争

1929年10月中旬，日本警察署以杨靖宇在狱中患病为由，把他引渡给国民党抚顺地方法院。自此，杨靖宇脱离了日本人的魔掌。在辽宁省档案馆馆藏档案《为报羁押犯张贯一患病由》中有这样的记载：" 府羁押日署引渡人张贯一，该犯人入所时即身负重伤，现伤痕虽属稍愈，惟又添头痛之症，势甚沉重，恐有危险，理当签报核示……" 寥寥几句话充分证实了杨靖宇曾遭受日本人酷刑的惨重。

引渡到抚顺地方法院后，面对审问，杨靖宇始终咬定自己是山东来东北经营煤炭的商人，并在法庭上以伤病之躯揭露日本帝国主义残酷蹂躏中国人民、肆意践踏中国法律的罪行。该法院只好将杨靖宇引渡到辽宁高等法院检察处。

12月25日，辽宁省高等法院检察处检察官陈士杰以"反革命嫌疑罪"对杨靖宇予以起诉："被告意图宣传共产主义之所为，实犯反革命治罪法第六条之未遂罪，应依刑事诉讼法第253条，送付公判。"

最终，杨靖宇被判处有期徒刑一年零六个月，押往辽宁省第一监狱服刑。

1930年1月，杨靖宇从辽宁省高等法院看守所被押解至辽宁省第一监狱，关入南监一舍。

杨靖宇被押送到南监后，他首先研究了监狱总的情况，并积极寻找在押的共产党员及其他政治犯，同他们联系，进行思想工作，建立狱内斗争领导核心，同时注意争取教育狱内的下级管理人员，着重做看守的工作。在不长的时间里，他争取了贫农出身的李景。这个人没有文化，有朴素的爱国主义思想，他见到被日本人打伤的犯人就同情。后来杨靖宇又通过李景认识了李景的把兄弟主任看守赵某。在李、赵二人的努力下，杨靖宇很快就当上了杂役头。他利用这个合法身份，常去狱内工厂、炊场、医务所和部分监舍活动。在难友中宣传革命思想，揭露日本帝国主义残害中国同胞的罪行。

当时的难友杨一辰（1905—1980，原名杨翼宸，字德如，又名台三。山东金乡县鸡黍镇杨瓦屋人。1920年考入济南山东省立第一师范学校，积极参加王尽美组织的革命活动。1925年考入北京大学预科。1926年因父亲去世而退学，返回济南。在省立第一师范附小任教。1927年5月由邓恩铭、丁君羊介绍加入中国共产党，即被派往金乡从事革命活动。6月回济南，继续从事党的地下工作。1928年10月，任中共山东省委秘书兼省赤色救济会党团书记。1929年1月，中共山东省委因叛徒出卖遭破坏，29日被捕。同年4月，越狱后到沈阳。1930年4月起任中共抚顺特支书记、满洲临时省委组织部部长、沈阳市委书记、哈尔滨市委书记、奉天特委书记等职）于1960年8月23日回忆说："我们在监狱中也有活动，在我入狱前，监狱是杨靖宇负责……"

旧监狱中的犯人大多数没有文化，因此要想写张呈子和书信都得求人，而写一张呈子就得花一两块钱。那些穷苦的犯人，往往是苦于没钱，申诉也没有办法。杨靖宇看到这种情况后，除自己写以外，还动员其他政治犯为穷苦难友们写呈子、写家信，他还积极帮助不识字的犯人学文化。当时的看守人员从农村来的多，大多数没文化，杨靖宇也经常热心地帮看守们写家信、请假条和买房、典地的文书之类的东西。因此他受到了难友们的尊重和爱戴，同时也感化争取了看守人员，为他在狱中开展党的秘密工作创造了宽松有利的条件。

狱内清扫队有一个叫赵小六的纵火犯，判有期徒刑十年，他家住在沈阳附近的一个村子里。因为本村一个姓王的地主老财要霸占他家的三亩坟地，被陷害入狱。他入狱两年多来一直喊冤，多次申诉都被法院驳回，他本人和难友们都不抱希望了。

杨靖宇了解到这个情况后,就主动与赵交谈,听完赵小六的叙述后,杨靖宇的内心很不平静,他决心要为赵小六平冤。他认为制服王老财只有采取斗争的方法才可奏效。他问赵小六:"你好好想想,你村那个姓王的老财有什么缺德事没有?最好有犯法的事。咱们只要能抓住他的把柄,就不愁制服不了这老家伙!"

赵小六想了半天说:"有了!三年前我在王老财家扛活,一天,王老财叫我给北大沟看瓜的李罗锅子送了一封信,没过几天,西村王老财的仇人于八爷就被胡子抢了。事后李罗锅还特意找到我,不许对外人讲送信的事。讲了就会掉脑袋。"

杨靖宇听后说:"好!有办法了!"回号后马上替赵小六给于八爷写了一封信:

于八爷:

小侄被本村王老财所害,正在奉蹲大狱。如你能帮我打官司,我可将您被抢的拉线人提供给您。

小侄赵小六
民国十九年春

三年前于八爷被土匪抢了两千块大洋,还被打伤,差点没送了老命。他曾怀疑是东村王老财干的,他们是在抢河套地时结的仇,但因没有证据没法治他。突然接到赵小六的来信,于八爷真是喜出望外,马上跑到沈城花钱运动了典狱长,破例见到了赵小六。问明情况后,于八爷对他说:"小六子,你放心,你的官司我包打了,听信儿吧！"

几天以后，于八爷就到沈阳警察局花了几百元现大洋，通过王督察长告发了王老财通匪并诬陷赵小六。王老财、李罗锅被拘审后，在人证面前和于八爷的追诉下，不得不全部招供，承认他家场院着火是他孙子放鞭炮造成的，而嫁祸于赵小六，其目的是霸占赵小六家的三亩坟地（此地作为赔偿失火的损失，已归王老财）。王老财还招认，为土匪送信抢劫于八爷是出于报复。最后王老财以通匪、陷害罪被拘押。赵小六无罪释放，并判决王老财退还三亩坟地，赔偿赵小六住狱损失费三百元。

释放这天，赵小六给杨靖宇叩了三个响头说："我全家一辈子也忘不了你的大恩大德啊！"

两个月后，赵小六带着老婆孩子专程来狱中看望杨靖宇。见面时杨靖宇深情地对他讲："王老财没有了，还许有李老财、赵老财呢，你要处处小心呀！"

这件事在狱内产生了轰动，"大老张"在狱中的威望越来越高。

1930年夏天，从吉林转来一个青年"犯人"，屁股被打开了花，已发臭化脓流水，血肉把内外裤全粘在了一起，脱不下来。到医务所治伤时，需要把裤子剪开，才能上药。从医务所回来后这个青年人光着身子躺在"号里"，发高烧无人管。杨靖宇见到后非常同情。把自己的一件灰色大褂撕开，托监狱缝纫厂的难友做了两个大裤衩，给这个青年人穿，又从外边搞了点退热消炎药。几天后，他的伤就好转了。这个青年人感动得直流眼泪。后来杨靖宇常与他谈心，了解到他是吉林一个学生领袖，因闹学潮而被捕入狱。敌人怕关在本地熟人多不好看管，就押解到了沈阳狱中。杨靖宇对这个青年人进行了许多革命思想教育,谈了祖国和东北的形势,这位青年深受鼓舞,表示一定要坚持斗争下去。三个月后这个青年被保释出狱了。回吉林后,他给杨靖宇来了一封信,并寄大洋 30 元。信中表示一定按杨靖宇指的路走下去。

当时的监狱里,犯人们的伙食原本就很差,加上狱吏挖空心思在犯人伙食上做手脚,从中渔利,犯人们的伙食就更糟糕。发霉的米,变质的菜,即便如此还是填不饱肚子。

1931 年春节到了。狱方规定正月初一这天,早饭是纯白面馒头,一碗粉条炖猪肉。旧监狱"犯人"一年难得吃上这么一顿白面和猪肉,难友们都很盼望初一这顿美餐。杨靖宇头天晚上从李景那儿知道,馒头里掺苞米面了,猪肉下的量也不足。杨靖宇听罢火冒三丈,以杂役头的身份,晚间借故到厨房亲自看看,发现面里掺有三分之一的苞米面,犯人炊事员说:"年前七八天,看守长就叫我们准备苞米面往白面里掺。"回到监号后,杨靖宇将这个消息告诉了其他"政治犯",让他们到各号去串联。众难友一听都非常气愤,大骂监狱长,群情激昂。这时杨靖宇提出正月初一早上开始绝食,大家一致积极响应。

大年初一早上,杂役将掺苞米面的馒头送来了,大家坐在号里无人去拿。老看守感到意外,往常这顿好饭都争先恐后地去吃,今天这是怎么了?一小时过去了,饭菜都凉了,还是没人吃,他明白了,这是要绝食了。老看守赶紧报告了狱方。二科科长立即来到监舍,询问怎么回事,杨靖宇代表难友向狱方提出质问和抗议。二科科长无法回答,只好向典狱长报告。上午 10 点钟,典狱长来了,他怕节日犯人闹事,不好向法院交代,马上表示初二早饭给补上,希望大家先吃饭,并说今后一定按规定办。第二天早饭,果然是纯白面馒头和炖猪肉。这只是一个很小的胜利,但难友们却受到了很大鼓舞,认识到在狱中只有斗争才能生存。

在旧监狱里,只准犯人看经书之类的书籍,其他书报不但没有,而且也不准看。但由于杨靖宇很有成效地做了看守人员的工作,使他能看到许多"犯禁"的书刊。看守李景常从外边给他买来报纸和其他进步书籍。他就利用当杂役头的便利条件和夜间帮助看守坐班的机会,经常阅读书报,有的还做了笔记。因此,他虽然被关押在狱中,但通过一些报刊书籍,还能及时了解社会上的一些政治情况。

一天,杨靖宇从报纸上读到了日本帝国主义准备侵华的《田中奏折》,敏锐地感觉到,日本帝国主义入侵中国的战争已经山雨欲来。那天,杨靖宇在狱中长夜难眠,怀着激愤的心情吟诗一首:

读《田中奏折》感怀

世上岁月短,
囹圄日夜长。
民族多少事,
志士急断肠。

电网、高墙、铁窗、大锁,只能限制人身自由,却无法束缚共产党人的革命理想和坚定信念。杨靖宇不仅个人在狱中孜孜不倦地刻苦学习,对同牢里的难友,特别是那些爱国青年学生,也经常不断地宣传革命道理和党的主张,进行爱国主义教育。一年多的时间里，狱中有数十名青年受到他的教育和启发，"九·一八"出狱后，许多人投入到了火热的抗日战争中。

1931年元月，国民党政府为装点御用"国民会议"的门面，宣布实行"大赦"。为此，2月4日高等法院检查处向东北边防军长官公署呈报了一份特赦政治犯的报告，报告中写道："张贯一一名，系未经自首之共产党犯"，"依政治犯大赦条例第四条，不在赦免之列。"由此就可以看出，杨靖宇在狱中一直保持着革命气节，从未对敌人低头。

杨靖宇被捕后，在狱中度过了六百多个日日夜夜，终于在1931年4月下旬刑满出狱。残酷的监狱生活，丝毫没有消磨掉他坚定的革命意志。他一出狱就马上找到了党组织。当时接待杨靖宇的何成湘（1900—1967，字鼓洲，四川宜宾珙县人，早年参加五卅运动。曾任全国学联总会执行委、秘书长，党中央组织部秘书，上海中央局组织部部长等职。1931年"九·一八"事变后，任中共满洲省委组织部部长，代理中共满洲省委书记。新中国成立后，历任政务院文委办公厅主任，国务院宗教事务局局长等职）回忆说："一天，有个人来找我，这人瘦高个儿，四方脸，因为衣服的破烂，加上那一头蓬乱得不肯驯服的头发，使人感到生活把这个年轻人折磨得不轻。那风尘仆仆的模样像是经过长途跋涉而来的。可是，他那双浓眉下面的大眼，却闪闪有光，这眼光给人一种坚强不屈的感觉。这就是刚刚出狱的杨靖宇同志。"（何成湘：《和杨靖宇同志三次会见》，宋晓宏、高峰、傅伟编著：《永久的丰碑——杨靖宇将军资料汇编》，吉林文史出版社2005年版，第207页。）

中共满洲省委通知杨靖宇，先学习学习党的文件，恢复一下身体,然后再分配工作。当时,杨靖宇住在沈阳市一家旅馆内,这所旅馆里还住有互济会的同志。互济会是一个专管救济狱中我党同志的组织,他们为了了解狱中情况,请杨靖宇参加了他们的会议。不幸的是,杨靖宇出狱仅三天,互济会的一位同志被捕,在他身边的笔记本里,敌人发现了杨靖宇出狱后的住址。于是杨靖宇第二次被捕,关押在奉天高等法院看守所。这是一个十字形监舍,有中心岗,围绕中心岗,四条号筒子(走廊)向外辐射,每个条号筒子有十间牢房,平时号筒子不锁门、监舍不锁门(因为厕所在号筒子的一头)。四条号筒子分别有一个名字——"孝""悌""忠""信",中心岗后面是病监,对面是死囚监,后面是杂役房(茶炉)和看守宿舍。在这里,杨靖宇"重操旧业",又一次当上了杂役头儿,住在外边杂役房内,他活动较自由,以送饭送水名义,可与其他政治犯沟通情况或传递信息。

1931年9月18日,蓄谋已久的日本侵略者炸毁柳条湖南满铁路,然后以此为借口炮轰北大营,攻打沈阳城,中国的东北从此成为"法西斯侵略战争首先爆发的火药库"(周恩来:《第十一年的"九·一八"》,《周恩来政论选》上册,中央文献出版社、人民日报出版社1993年版,第413页)。当9月18日夜间,外面的枪炮声响起时,在押犯人都被惊醒了,很紧张,不知道外边发生了什么事。有的同志提议趁乱冲出去,大多数同志较为谨慎,提议听一听"山东张"(杨靖宇)的意见,杨靖宇得知后说:"这是一件很危险的事,我在河南住监狱时进行过两次越狱,都没有成功,就因为外边没有接应的军队,都失败了,还牺牲了好几个同志。我有个建议,去病监请示一下李子芬书记吧!"随后,在已被争取过来的看守王惠凤的掩护下，杨靖宇以给病人送水吃药的名义来到病监，向满洲省委书记李子芬（1902—1936，又名李泽萍、李次芬，化名孙济夫、孙子芬。1902年出生于湖北黄梅县城关镇一户贫苦人家。1920—1923年就读于南京农林讲习所，在南京读书期间加入中国共产党。1930年3月底，党中央派他赴奉天接替刘少奇任中共满洲省委书记兼宣传部部长。在他的领导下，重新组建中共满洲委员会，恢复和发展了党的基层组织）汇报，李子芬听后明确表示："希望大家不要盲动，外边没有接应，越狱不会成功，等待省委的安排，千万别贸然行动。你们想想炮声一响敌人会放松警惕吗？肯定比平时更要加强的。"事实上也的确如此，据敌伪档案和当年的看守回忆记述，奉天第一监狱在10点钟炮击北大营之后就接到市公安局值班室的通知，加强监狱警戒，当时四个岗楼都架上轻机枪，院内看守发枪，严格巡逻，如犯人有行动立即镇压，下半夜监狱落入日寇之手后，临时负责监管的日军少佐也下令紧锁号门，停止放风，如犯人越狱就地枪毙。

  1931年"九·一八"事变后，监狱敌伪人员、警察、宪兵想发外财，受贿成风，当时交一千元钱的赎金，就可以从监狱里赎出四五名犯人。因此，满洲省委向中共中央申领了一笔经费，于1931年11月初通过地下党的关系将杨靖宇等同志营救出狱。

第四章　东奔西忙忘生死
不屈不挠抗日伪

杨靖宇出狱后，不顾伤痛迅即奔赴哈尔滨积极从事秘密斗争，力挽狂澜拯救磐石抗日游击队。正所谓：东奔西忙忘生死，不屈不挠抗日伪。

秘密斗争

1931年11月，在凛冽的寒风中，杨靖宇带着狱中生活的"纪念"——满身的伤痕，从沈阳来到哈尔滨。这时，哈尔滨是东北唯一尚未沦陷的大城市，刚刚被日本侵略者破坏的中共满洲省委也从沈阳迁到了这里。

一踏上哈尔滨的土地，杨靖宇就拖着伤痛疲惫的身体，找到了位于今天南岗区光芒街的中共满洲省委，在这里，他见到了新到任的省委书记、中央政治局候补委员罗登贤（1905—1933，广东南海人，无产阶级革命家。早年在香港英商太古船厂做工，1925年加入中国共产党。曾参与组织省港大罢工。在1927年参与组织广州起义。1928年6月，在中共第六次全国代表大会上当选为中央委员、中央政治局候补委员。同年任中共江苏省委书记。1930年先后任中华全国总工会党团书记、中共广东省委书记及中共中央南方局书记等职，领导全国工人运动。1931年任中共中央驻东北代表兼满洲省委书记。领导东北的抗日运动。1932年任中华全国总工会上海执行局书记。是中共第六届中央政治局委员、中华苏维埃共和国中央执行委员。1933年3月28日，因叛徒出卖，在上海被捕。8月29日英勇就义于南京雨花台）。

从罗登贤那里，杨靖宇了解到当前形势和党的任务，当谈到具体工作时，罗登贤考虑到杨靖宇刑伤未愈又跋涉千里，决定先让他休养一段时间。面对"国破山河碎"的现实，杨靖宇先是感谢党组织和上级领导的关心呵护，继而说："在监狱里，并没有累着我，只要我活着，就要斗争，现在国难当头，我怎么能待得住？"最后，党组织和罗登贤接受了杨靖宇的要求，安排他担任全满反日总会党团书记，领导群众抗日斗争，同时兼任中共哈尔滨道外区委书记（当时哈尔滨市委已被撤销，设立直属满洲省委领导的道里、道外两个区委）。

雷厉风行是杨靖宇在河南开展工作时养成的工作作风，这一次自然也不例外。走上工作岗位后，杨靖宇立即在满洲省委组织部部长何成湘（当时化名小李）的陪同下，与原全满反日总会党团书记冯仲云（1908—1968，江苏武进人，东北抗日联军将领。1927年加入中国共产党。1930年毕业于清华大学数学系。曾任中共东北反日总会党团书记，中共满洲省委巡视员、秘书长，东北抗日联军第三军政治部主任兼珠河中心县委宣传部部长，中共北满省委书记，东北抗日联军第六军政治部主任、第三路军政委。新中国成立后，历任松江省人民政府主席兼哈尔滨工业大学校长，北京图书馆馆长，水利部、水利电力部副部长兼华东水利学院院长，曾当选为"八大"代表和第一、二、三届全国人民代表大会代表）接头，听取了冯仲云关于工业大学、各中学、三十六棚（原是中东路工人最早搭建的窝棚数目，后沿袭成为中东铁路工人聚居区的称呼）、中东铁路机车修理厂、松花江北呼（兰）海（伦）路机车修理厂、江北船舶修理厂、老巴夺卷烟厂等单位的工作介绍。在详细了解了情况以后，杨靖宇的身影便出现在哈尔滨这座塞外冰城的街头巷尾，出现在工农商学兵不同阶层的群众中间，除上述单位外，杨靖宇还实地指导过法政大学、一中、二中、贫民女子工厂和市郊农村的反日会工作。杨靖宇废寝忘食的工作，很快就收到了明显成效。

  1931年底，日本侵略军进攻哈尔滨已是箭在弦上。为此，中共满洲省委决定"用一切力量通过反日会发动群众起来抗日，准备形势的突变"，这个决定也由冯仲云传达给了杨靖宇。杨靖宇立即把满洲省委的决定贯彻到反日会的各项工作中去。当时，黑龙江省会齐齐哈尔虽已沦陷，但由马占山指挥的江桥抗战仍在继续，作为进犯哈尔滨的准备工作之一，日军对马占山采取了进攻和诱降双管齐下的策略，在兵临城下之际主动邀请马占山在松花江北松浦举行谈判，以期城下之盟。杨靖宇得知情况后，立即赶赴松浦，在呼海路反日会员和工人中揭露日本帝国主义者的侵略阴谋，并通过呼海路党组织提示马占山不要上当受骗。为防止日军进攻马占山部，杨靖宇和呼海路党组织领导铁路工人连夜将松浦站机车车辆全部开往绥化，将呼兰铁路桥拆毁，断绝铁路交通，最终迫使敌人的计划破产。

1932年1月底2月初，"关东军"大举进犯哈尔滨，驻防哈市的爱国军队，在东北义勇军将领李杜（1880—1956，字植初，辽宁省义县人，东北讲武堂毕业，历任奉军连长、团长、师长等职。1929年任防俄松花江沿岸军队总指挥，晋任中将。1931年任东北自卫军总司令。1932年7月任吉林省边防副司令长官，后任吉林自卫军总司令。"九·一八"事变后在吉林、哈尔滨率部与日军作战，1933年失败后退入苏联）、冯占海（1899—1963，字寿山，辽宁省锦县人。"九·一八"事变后，举兵抗日，被称为"吉林抗日第一人"）等指挥下，进行了英勇的保卫战。1月30日，中共满洲省委发表《为反对日本帝国主义进攻哈尔滨告士兵群众书》，杨靖宇根据这一文件精神，组织党团员深入发动和组织群众，积极支援前线。当时，许多工人、学生、市民积极为前线将士送水送饭，主动护理伤病员、募集捐款。中东路"三十六棚"工人捐献工资四千余元，哈尔滨市商会捐款两万余元。人民群众的大力支援，极大地鼓舞了前线将士的爱国热情，在双城、哈尔滨市郊等地，爱国将士浴血奋战，歼敌数以百计。

哈尔滨军民众志成城，奋勇抗敌，极大地阻止了日军的前进速度并予以重创，但最终难以改变敌强我弱的总格局。2月5日，农历腊月二十九，日本法西斯的铁蹄践踏了哈尔滨。白色恐怖笼罩全城，斗争环境更加困难，但杨靖宇仍然是那样的沉着、坚定。

哈尔滨沦陷后，党组织和抗日群众团体的活动被迫完全转入地下。就在这时，以罗登贤为书记的满洲省委收到了上海党中央出版的《红旗周报》，报上刊发了周恩来于 1931 年 10 月以伍豪名义撰写的《日本帝国主义占领满洲与我们党当前任务》一文，指出"我们要领导工农及一切被压迫民众自己组织武装的救国义勇军"。以周恩来的指示为基础，罗登贤指示由时任满洲省委军委书记的周保中主持，起草了《抗日救国武装人民群众进行游击战争》的纲领性文件，明确表示"党要支持援助和联合非党的一切抗日武装力量共同反抗日本帝国主义的侵略"。在协助周保中起草文件的工作中，杨靖宇作出了重要贡献，他事先搜集了有关资料，结合东北具体情况，作了详尽的研究，他意识到，中国民族的危机与中日的民族矛盾，将因东北被占领而扩大加深，阶级矛盾将退到次要地位。但解决这一民族矛盾，反抗日寇侵略，必以中国共产党和他所领导的工农劳动人民群众的力量为主流，东北尤其是如此。东北人民迫切需要并且有条件，武装自己，拯救自己，对日寇进行较长期的游击战争。上述意见均被中共满洲省委所采纳。

哈尔滨的沦陷，标志着辽吉黑东三省已完全沦入敌手，日本法西斯欣喜若狂之余，加快了拼凑汉奸殖民政权的步伐。1932 年 3 月 9 日，在"关东军"司令官本庄繁临场监督之下，溥仪、郑孝胥、张景惠等一群卖国贼沐猴而冠，伪"满洲国"在长春正式出笼。不甘做亡国奴的东北人民，立即以各种方式展开了反对伪"国"成立、傀儡登台的斗争。在杨靖宇领导下，哈尔滨市党团员和爱国群众不惧刽子手的刀斧，撒传单、贴标语之外，还巧妙地将墨水装入鸡蛋壳，抛掷在街头日伪竖起的牌匾壁画上，一时间，全城所有的日伪宣传牌匾，无不以"大花脸"的丑态，点缀着"建国"的"万象更新"，日伪当局煞费苦心拼凑的提灯游行，也被搞得支离破碎。如此这般，日伪吹出的"普天同庆"的牛皮不攻自破，敌寇汉奸"庆"无宁日，大煞风景。自4月5日至5月，哈尔滨邮务、中东铁路、老巴夺卷烟厂工人先后举行了抗日爱国、纪念"五一""五卅"的罢工和集会，邮务工人不顾敌人的威胁利诱，全体撤退入关，使伪满邮政一度瘫痪。

1932年4月，杨靖宇在哈尔滨与新任省委秘书长、曾在豫南并肩战斗的聂树先（1902—1982，化名尚钺、谢仲五、丁祥生。河南罗山县人。1917年入开封河南省立第二中学读书。积极投身1919年五四运动。1921年入北京大学预科，后入本科英国文学系肄业，并随鲁迅学习文学创作，积极宣传新思想、新文化。接受李大钊的思想影响和具体指导，于1927年南下投身革命。同年9月在开封加入中国共产党，被派赴豫南发动武装暴动。1929—1936年，先后在吉林、上海、宁夏等地从事革命活动）重逢。从聂树先那里，杨靖宇得知在自己离开豫南后，李鸣岐、张耀昶等战友仍在四望山坚持斗争，参加确山农民暴动的四叔马鹤龄已牺牲，自己的家多次被白匪军查抄，母亲、二叔、妻子郭莲和儿女饱受迫害、颠沛流离……杨靖宇听到这些消息，心绪难平，更激起他满腔的阶级仇民族恨。

此后，杨靖宇以更加炽热的斗志投入到工作中去。周保中记述了那难忘的一幕：

> 当我同靖宇同志在哈尔滨一同工作的时候，常常发现他每当寒风凛冽、砭人肌骨的凌晨，出现在大江中同摆冰滑子的工人一块劳动，借此联系群众进行秘密工作。有时

又出现在铁路和工厂中，同工人、青年知识分子分别接触，进行商讨；他深更半夜在自己住房来回踱着漫步，深思熟虑地准备着明天的工作，或伏案写作党的文件、宣传教育材料等等。他善于使用不同的语调，向不同的人们解释和答复问题。语句明了、具体、生动，引人深思，鼓人劲头，给人们信念。他像戏剧演员一样，装扮什么就像什么，他要做什么就会做什么，或者一定学会做什么。他常常以机智的技巧动作结合大胆勇敢的行动，躲过敌探走狗的跟踪，冲破敌人的防范。的确，他是一个革命工作的艺术家。他个人生活是俭朴的，能忍受艰苦，宁可自己省吃俭用，经常洗补自己的衣服、鞋帽，节省住房燃料，他从不乱花党的一文经费，相反的，常常把自己的生活费贴用到工作活动上，或其他同志身上，以帮助解决困难；他的身体是健康的，生活情调是高尚的。

（周保中：《松柏常青——纪念杨靖宇同志逝世二十年》1960年2月3日，《周保中文选》解放军出版社2015年版，第254页。）

在哈尔滨工作的日子里，杨靖宇和周保中相交益深、相知益切，在抗日革命的斗争中结成了生死之交。1932年4月，按照中共满洲省委的指示，周保中前往吉东地区（今黑龙江省牡丹江一带）开展工作。

周保中离开哈尔滨不久，杨靖宇的工作岗位也发生了变化。1932年5月初，中共满洲省委决定撤销哈尔滨市道里、道外两个区委，成立哈尔滨市委，并任命杨靖宇为市委书记，不久又增补为满洲省委候补委员、委员。

担任哈尔滨市委书记的杨靖宇，完全称得上是"受命于危难之际"，但在他不眠不休不屈不挠的艰苦奋斗之下，党在哈尔滨的工作取得了新的进展。

在担任哈尔滨市委书记期间，杨靖宇领导市委，向哈尔滨人民广泛宣传揭露国际联盟派出的"李顿调查团"作为日本帝国主义帮凶的本质，号召哈尔滨人民摒弃对帝国主义列强的幻想，依靠自己的力量驱逐侵略者。随后又根据省委指示，部署了呼海路、电业、中东铁路（东铁）、印刷业工人反剥削、反压迫、反裁员的斗争。在杨靖宇和市委的领导下，东铁工人包围了铁路当局，印刷业工人罢工一周，迫使资本家答应每月工资增加二元、改善伙食（给工人吃馒头）、不开除工人。呼海路和松浦机车修理总厂二十余名工人参加了义勇军。对于青年工作，杨靖宇也十分重视，他主持成立了哈尔滨市团委，并在市团委成立大会上讲话，号召青年积极参加抗日斗争。

在担任哈尔滨市委书记期间，杨靖宇还特别重视文艺工作，发挥革命文艺教育人民、打击敌人的作用，积极培养革命文艺骨干。在他的领导下，由东区(道外)区委宣传委员、作家罗烽和西区(道里)区委委员金剑啸主持，创办了抗日油印小报——《民众报》。此后，金剑啸一直在东北坚持斗争，1936年被捕后殉国于齐齐哈尔；罗烽、白朗等先后入关转赴延安，参加了1942年延安文艺座谈会，成为中国革命文学的骨干力量。

在"夜幕下的哈尔滨"，杨靖宇凭借着丰富的地下工作经验，机智地避开了侵略者的魔爪，与同志和当地民众保持着密切的联系。经过了一再被捕和两次监狱生活的经验，他的政治警惕性很高，保密技术很好，很能应付秘密的环境。所以在杨靖宇担任中共哈尔滨市委书记期间，党和群众的革命组织很少被敌人发现、破坏。

正当杨靖宇在哈尔滨市委书记的岗位上奋力开拓新局面之际，东北抗日斗争却受到了"左"倾错误的严重干扰。在传达贯彻"北方会议"精神和以后的工作中，杨靖宇对"左"的危害有了切实认识。

"九·一八"之际，恰值王明领导的中共中央全面推行"左"倾冒险主义政策的时期。这时，虽然刚成立的中共临时中央政治局及时揭露了日本帝国主义侵略中国的罪行和南京国民政府的"不抵抗主义"，并向全党全国人民发出过几个较正确的指示和文件；虽然以罗登贤为书记的满洲省委领导东北人民，坚决贯彻党的指示，把一些分散细小的抗日武装汇集成为伟大洪流。但是，正如1945年党的第六届七中全会通过的《关于若干历史问题的决议》中所指出的："新的中央对于这些事变所造成的新形势，一开始就做了完全错误的估计。它过分地夸大了当时国民党统治的危机和革命力量的发展，忽视了'九·一八'以后中日民族矛盾的上升和中间阶级的抗日民主要求，强调了日本帝国主义和其他帝国主义是要一致地进攻苏联的，各帝国主义和中国各反革命派别甚至中间派别是要一致地进攻中国革命的，并断定中间派别是所谓中国革命的最危险的敌人。"因此，也就不能对当时风起云涌的全国抗日民主运动和在东北地区开展的抗日民族战争给予正确而有效的指导。

1932年6月24日，在博古、张闻天、康生、李竹声（后叛变）的主持下，中共临时中央在上海举行直、鲁、豫、陕、满省委联席会议（北方会议），通过了《革命危机的增长与北方党的任务》《开展游击运动创造北方新苏区的决议》等文件。在王明"左"倾错误路线指导下，会议不顾东北地区革命力量薄弱、中日民族矛盾占首位的事实，把对关内革命斗争的"左"倾指导方针生搬硬套到东北，对东北党组织和抗日游击队提出了一系列不切实际的指导方针，其核心内容是片面夸大抗日统一战线中的阶级矛盾，实行"左"倾关门主义，强行指示东北进行土地革命和建立苏维埃政权，要求把反日战争与土地革命密切结合起来，在义勇军工作中片面强调反对上层勾结，甚至要求：使义勇军转变为工农红军，创造苏维埃的政权。

受罗登贤的委托，何成湘在"北方会议"上向中共中央做了汇报，但这一切不仅没有被坚持王明路线的中央所接受，还换回了"满洲特殊论"和"北方落后论"两顶大帽子，无限上纲为"实际上企图将中国南部与北部间隔与对立起来，企图否认革命危机在中国北方的存在，企图曲解正确的革命不平衡的理论为北方的革命运动的完全消沉。这种理论的结果，必然要走上取消主义的道路"，甚至被视为"富农路线的实质"和机会主义动摇。所有这些，正如"北方会议"主持人之一博古在七大发言中所检讨的，"就是把冒险盲动的政策推广到北方去"。

北方会议的召开，成为王明"左"倾错误在东北地区全面贯彻的起始。为从组织上贯彻执行"左"倾错误路线，临时中央于会后撤销了罗登贤的职务，改任华岗（来东北途中被捕）、李实（魏抱一）为满洲省委书记。李实到任后，于7月12日在哈尔滨市南岗区召开了省委扩大会议。与会者共14人，有罗登贤、杨靖宇、何成湘、金伯阳、杨一辰等，会议传达了北方会议决议，批判"满洲省委的领导陷入了机会主义泥坑,形成了右倾机会主义路线"。会议正式宣布撤销罗登贤职务,调回上海。此后,罗登贤继续在沈阳工作至年底,返回上海后担任上海中央执行局常委兼中华全国总工会上海执行局书记,组织领导上海工人的抗日斗争。1933年3月28日因叛徒出卖罗登贤被捕,8月29日在南京雨花台英勇就义。

在当时的历史条件下,杨靖宇也曾受到"左"的倾向影响,跟着错误地批评省委"本身是右倾机会主义"。他说:"省委过去机会主义领导葬送了满洲工作,不是尾巴主义,连尾巴也赶不上。"在谈到接受北方会议要了解什么问题时,他说:"接受北方会议要根本了解:(1)日本帝国主义在满积极准备进攻苏联(关东军司令部移长春,八站强行接收等)。(2)苏区红军之伟大胜利与两个政权之对立,拥护苏联与创造北方地区、红军的任务是不可分离的。(3)宣传红军的胜利,为红军募捐,劳动群众是欢迎的,征调工人到红军中去,发动满洲游击战争,必须有具体布置。(4)工人运动应加强,哈总是空的,应从小组织组起(赤色小组等)。(5)两条战线的斗争应从实际工作中发展。"

会议结束后,杨靖宇和其他同志一起,按照满洲省委的部署,继续传达贯彻"北方会议"精神,就在这时,新的斗争任务又摆在了杨靖宇面前。日寇汉奸的"人祸"正在肆虐,又赶上了天灾。1932年8月7日,百年不遇的特大洪水袭击了哈尔滨,导致全城28万居民近半数流离失所。作为共产党人,杨靖宇再次站到了斗争的第一线,他和魏拯民(关有维)、杨一辰(杨德如)等一起,遵照省委8月14日《关于水灾的决议》部署,"日日夜夜地到灾民中去工作"。他们用各种方法与灾民接触,了解灾民的疾苦和需求,向灾民揭露日本侵略者和汉奸伪政权贪污挪用市政治水经费于灾前,又坐视黎民百姓啼饥号寒于难后的罪行,杨靖宇曾多次到南岗区极乐寺等地,通过演说和谈话,号召难民:"同胞们,我们不能做无知的愚民,大家要想想:是谁不修江堤,不顾我们的死活;是谁在敲诈勒索!"

在惨重的天灾人祸面前,经过杨靖宇等共产党员的组织发动和宣传教育,灾民们很快识破了日伪当局及其御用的和尚道士们求神拜佛的假仁假义,奋起要求解决现实问题、处理灾情善后。在灾民的巨大压力之下,日伪当局不得不成立了"市水灾非常委员会",并在地势较高、难民较多的南岗区极乐寺、文庙等地设立难民收容所,然而,这些收容所的实际作用,对于日伪当局是盗取"救灾"美名的假面具,对于劫后余生的灾民、难民却是名副其实的集中营。衣食医药全无、打骂饥寒皆有。当了解到"收容所"的内幕后,杨靖宇又及时组织难民,同日伪当局开展反饥饿、争生存斗争,并提出了要求"收容所"必须履行的四个最低限度的条件:(1)要饭吃,每日两餐,每餐两个馍;(2)不许打骂难民;(3)及时为病人治疗,发给药品;(4)改进居住条件,搭建席棚。

在杨靖宇的组织领导下,经过灾民骨干的鼓动和带领,难民们集会示威,包围了吸吮灾民膏血的"市水灾非常委员会",面对愤怒的灾民,日伪当局无计可施,不得已答应了全部条件。

随着洪水退去和"收容所"的解散,杨靖宇又在为灾民的生计操心,他指示金剑啸、罗烽、萧军、萧红等同志积极开展革命文艺工作,为灾民募捐。此后,金剑啸(1910—1936,满族,原名金承栽,又名梦尘,号培之,笔名巴来、健硕。辽宁省沈阳市人,中共党员。

著名的小说家、诗人、画家、剧作家兼导演。中共地下工作人员。1934年12月初进入《大北新报画刊》社任编辑长。1935年任齐齐哈尔市《黑龙江民报》社文艺副刊编辑。他用笔名"巴来"继续进行革命文艺宣传活动，创办了《芜田》副刊，创作了叙事长诗《兴安岭的风雪》。继而组织业余剧团"白光剧社"，公开演出革命话剧。1936年回到哈尔滨。任《大北新报画刊》主编。画刊发表了大量的诗、文、照片和漫画等。6月13日下午，金剑啸在编辑部被日本驻哈尔滨总领事馆特务逮捕。1936年8月15日英勇就义，时年仅26岁，牺牲时任《大北新报画刊》主编。）等同志于11月联合其他画家举办了"维纳斯助赈画展"，展出了一批反映工农辛勤劳动和苦难生活的作品，募集了一笔义捐款项。

在杨靖宇、魏拯民等共产党人领导下的救灾斗争，挽救了成千上万灾民的生命，有力地扩大了党在哈尔滨人民心目中的影响。也就是在这场伟大的救灾斗争中，杨靖宇和魏拯民走到了一起。在以后艰苦惨烈的斗争岁月中，这两位分别来自河南和山西的共产党员，为了民族独立和人民解放，并肩战斗在白山黑水，直至热血染长白、忠魂上九霄。

经过救灾斗争和其他各项工作的实际检验，杨靖宇越来越感觉到"北方会议"的错误方针与实践格格不入，更难以得到基层同志的认同。于是逐渐改变了杨靖宇对满洲省委扩大会议工作方针的认识。在"九·一八"一周年之际，以杨靖宇为首的哈尔滨市委针对白色恐怖严重的现实，没有举行"飞行集会"，即由党团员和革命骨干在城市繁华之处撒传单、喊口号、演说后迅速离开的斗争方式，因其迅速而称其为"飞行集会"。当时被认为是城市斗争的主要工作方式，但这种工作方式极易暴露自身力量。杨靖宇和哈尔滨市委没有采取这种斗争方式，而是坚持从实际情况出发，立足于抗日斗争的实际需要，抓住群众的迫切要求，领导群众斗争取得实际成果，使群众在事实中受到教育、提高觉悟。

在哈尔滨市委书记的岗位上，杨靖宇进行了四个月卓有成效的工作。1932年9月，中共满洲省委决定撤销哈尔滨市委，重新设立两个区委，但将原道里区委和道外区委改称为东北区委和西区区委。随后，中共满洲省委任命杨靖宇接替周保中，担任省委军委书记。从此，杨靖宇开始了他人生中最为壮丽的武装抗日斗争时期。

巡视磐石

磐石（隶属于吉林省吉林市，位于吉林省中南部、吉林市南部）素有革命传统。1929年磐石就有了李红光（1910—1935，朝鲜族，朝鲜京畿道龙任郡丹参洞人。因不堪忍受日本帝国主义的殖民统治和残酷压榨，积极投入到反对日本侵略者和军阀、地主的斗争之中，是南满抗日游击队的主要创始人，曾任东北抗日军联合指挥部参谋长。1935年5月12日在战斗中不幸中弹壮烈牺牲，年仅25岁）等4名中共党员，并组建了磐石第一个党支部——呼兰集场子支部。1930年春，中共中央派遣参加过广州起义和海陆丰运动的朝鲜族党员朴奉（朴根秀）、朴根万兄弟来磐石开展党的工作。当年8月，在中共满洲省委指导下，中共磐石县执行委员会成立。磐石建起了除奸反日的劳农赤卫队、特务队。"九·一八"事变后，这两支队伍合并为磐石赤色游击队，在小城（明城）杨树泊子—玻璃河套—

红石砬子一带开展武装斗争。

中国共产党领导下的磐石游击队第一任政委叫杨君武（杨佐青）、队长叫张振武，当时有武装队员三十几名。游击队诞生之后，因为缺少有武装斗争经验的领导干部，屡遭挫折，不仅遭到日伪军的围剿，还经常受地主欺负及山林队和土匪武装的骚扰袭击。1932年8月下旬，游击队第二次遭到日伪军与蛤蟆河子地主联合夹击，造成政委杨君武重伤、3名队员牺牲、损失枪支十余支的重大损失，处境十分危险。为此，中共满洲省委马上委派时任省委军委书记的杨靖宇到南满磐石等地巡视工作，挽救这支党所领导的抗日武装，改组磐石中心县委，指导南满抗日斗争。

1932年11月初，杨靖宇根据省委的工作计划安排，肩负着党组织的信任、希望和重托，以特派员身份，作为省委代表前去南满磐石、海龙等地巡视。任务是正确处理那里出现的复杂问题，整顿磐石、海龙两县委和游击队，扭转那里濒临颓败的危机形势，开拓反日斗争的新局面，使党的工作、义勇军的斗争顺利发展。然而，这个任务是十分艰巨的，因为当时存在着一系列的复杂矛盾。不仅敌人是凶恶强大的，党领导的武装力量还比较弱小，更主要的是在客观上东北已成为日本帝国主义的殖民地，中日民族矛盾上升为主要矛盾，而在主观上还必须根据省委要求贯彻"北方会议"精神，并以其为指导，在进行反日斗争的同时，要打土豪、分田地、建立红军和苏维埃、搞土地革命。在这种主观与客观相分离的情况下，要指导革命斗争取得成绩，其本身就是一个两难问题。

中共满洲省委对杨靖宇是十分信任的，对他去南满磐石、海龙等地巡视寄予厚望。在满洲省委于1932年11月2日给中央的报告中，对杨靖宇曾做过这样描述："这个同志，政治上在满表现得最坚决的。曾坐过五次牢，在工作上表现是很艰苦、深入与努力。只是大的政治问题方面了解得少一点，这是长期牢狱生活而缺少训练的关系。他是省委候补委员，河南人，知识分子，担任哈尔滨市委一个时期的工作，在政治上各方面都比较有大的进步。"

1932年11月上旬的一天，杨靖宇化装成商人，身穿黑棉袍、黑制服裤子、黑棉鞋，与省委交通员老刘从省委所在地哈尔滨经吉林去磐石。因为杨靖宇不知道工农反日义勇军已从山林队"常占"队分离出去，及"常占"队与工农反日义勇军已反目为仇的情况，所以杨靖宇和老刘到磐石后，便先去找"常占"队。数日后，他们终于在烟筒山附近找到了"常占"队。然而这时又产生了新的问题，嫉恨分家之仇的"常占"把杨靖宇等当作是磐石工农反日义勇军的人给抓了起来并企图加害。

两手被反绑着的杨靖宇说："你们别误会，都是自己人。"

"常占"骄横地说："什么自己人？是张瞎子（指原队伍政委张振国，张是近视眼，外号"张瞎子"）和全胖子（指磐石中心县委书记全光）派你来的吧？不是你们提出要分家的吗？"

接着，"常占"手下的人吵吵嚷嚷，说正好给"二当家"报仇，拉出去，枪毙算了。一时，气氛凝重、紧张。

杨靖宇见情况有变，便迅速分析判断眼前的形势。他镇定自若，冲着"常占"说："我是省委代表，这次就是专为解决分家拆伙这件事而来的：我特意来与你和好，你却用绳子绑我，太不够朋友了！"

接着，他向"常占"陈述团结抗日，讲两家应和好的道理。终于"常占"被说服，释放了杨靖宇。杨靖宇被释放后，返回吉林。

途中，在烟筒山，他又被山林队"六国军"误认为是日本人派来的密探，给抓了起来。原来，他衣兜里有一张为防备敌人查问，伪造自己身份的"大久保洋行采办"名片，被翻了出来。杨靖宇向他们解释说自己不是密探，是专来找"常占"的。名片是为了对付敌人用的。因"六国军"与"常占"有关系，"六国军"见杨靖宇让他们去"常占"那里调查，又听到他讲的抗日救国道理，便释放了他。杨靖宇离开"六国军"时，对他们痛恨日本侵略者，警惕性高，给予了赞扬。

杨靖宇到吉林后，住在吉林支部书记李维民家，由交通员老刘前往磐石寻找中心县委、工农反日义勇军。这期间，杨靖宇与李维民研究了吉林支部工作，感到吉林是省会城市，支部归磐石中心县委管辖，不利于城市工作开展。他写信给省委，建议改吉林支部为特支，由省委直接领导。以后，省委接受了这个建议，将吉林支部改为吉林特支。数日后，交通员老刘找到了磐石中心县委。而后，磐石中心县委书记全光等来吉林把杨靖宇接到工农反日义勇军（当时报号"五洋"）驻地——桦甸县常山屯。

此间，工农反日义勇军处境十分困难。为决定队伍今后行动的方向，队内党支部召开过几次会议，但意见不统一。在11月初的一次会上，52名同志中有10名主张回磐石，42名主张去东满。主张回磐石的同志认为，我们的队伍归磐石党组织领导，应当回磐石活动；主张去东满的同志认为，磐石的群众基础已被敌人破坏，回磐石也会遭到山林队"常占"队伍的报复。由桦甸直走东满，万一环境再恶劣时，还可避难于苏联。一时，争论不休，各持己见，意见难以统一。最后，决定派张振国到磐石看看省委是否有人来。

如果无人来,就再去省委要求立即派政治上、军事上负责的同志来这里,解决一切问题。张去磐石,未见省委来人,又去省委。以后留省委工作。1934年8月,省委派其赴珠河(今尚志),任东北人民革命军第三军政治部主任。8月29日于娄家窝棚遭敌袭击牺牲。

当时队伍行进到桦甸与永吉交界处,由于种种困难无法东进。一时间,大部分队员情绪低落、悲观、消极、失望,感觉没有出路。就在这一关键时刻,杨靖宇来到了工农反日义勇军。

杨靖宇抵达工农反日义勇军驻地当天,正赶上大家吃午饭,他立刻和队员们吃在一起。队员们见他平易近人、和蔼可亲,给人以一位"庄严政治家"的感觉,大家都很尊敬他。为解决队伍面临的问题,杨靖宇首先找队内党团员进行个别谈话。通过谈话了解队内情况和队员思想状况。同时,积极开展思想工作,稳定党团员同志的情绪,鼓励大家坚定信心,积极带动一般队员,克服眼前的困难。工作中,杨靖宇不是以上级派来的特派员身份采取命令主义的办法,压服下级,让他们去干什么或不干什么,而是在倾听干部和战士意见的基础上,采取启发式办法,引导同志们在讨论中对存有分歧意见的问题得出正确结论。

当时,大家对队伍前进方向问题争论很大,各有各的道理,谁也不服谁。一次,杨靖宇参加第二大队党小组会议,听取同志们的讨论。这时,夜深人静,灯碗里的油快耗尽了,灯火也逐渐地小了起来。杨靖宇见此,便站起来用手指着油灯意味深长地说:"你们看这盏灯,没有碗就盛不住油,光有碗没有油,灯就点不着。咱们游击队还不是磐石的子弟兵,在那里土生土长,那里山深林密……没有根据地,就像没有家,我们为什么要做没油的灯芯?"经他这样一说，大家都觉得有道理，思想豁然开朗。

还有一次，杨靖宇来到游击队员中间问大家："打鬼子靠什么才能胜利？"

一位战士不假思索地回答："枪！"

杨靖宇问周围的战士："大家都说说，除了枪还有什么更重要的？"

战士们你看我，我看你，不知说什么好。

杨靖宇说："打鬼子除了枪，要不要粮食啊，可粮食又从哪里来？"

这时，大家都明白了。一位战士说："省代表，是咱根据地的群众。"

杨靖宇说："对了，是群众。群众是游击队的命根子。游击队好比是鱼，群众就是大江大河里的水，鱼离开水就得死。咱们打鬼子离开群众就不行。"

就这样，在杨靖宇的耐心说服下，大家思想逐渐趋于一致。同志们都同意返回磐石，在玻璃河套、红石砬子一带建立根据地，深入发动群众，开展游击活动。

之后，杨靖宇在充分调查研究的基础上，主持召开了全队党的扩大会议。在会上，杨靖宇分析了抗日斗争的形势，统一了同志们的思想认识，批评了队内领导同志的右倾错误，纠正一些党团员中存在的悲观、失望的情绪和退缩、消极的倾向。他没有完全按照"北方会议"规定的那一套去做，而是根据磐石斗争的实际情况，对当前的斗争作出具体部署。他重申了省委关于"坚定地领导与发展游击战争"，"在群众斗争有基础的地方（如磐东郭家店）来进行游击战争，坚定地在这些地方创造游击区域"的指示精神，并强调说，我们是共产党领导的游击队，不能另起山头报号，应当把共产党的旗帜亮出来，应当有自己的根据地，我们应当回到磐石。最后，与会人员一致表示接受省委指示，并决定队伍行动方向仍在磐石、伊通等地，开展游击战争，开辟游击区创造根据地；同时取消"五洋"报号，按省委指示，队伍名称改为"中国工农红军第三十二军南满游击队"。

杨靖宇初到游击队，就以自己的工作给广大队员留下了好印象。一个队员曾撰文说："11月间，杨靖宇受中国共产党的指派来到我们队伍上。我们初次见着他，就感觉到他是一个庄严的政治家。他的态度很沉静，待人接物和蔼可亲，而观察事理又深刻敏锐。因此，大家爱戴杨靖宇。""杨靖宇到队后，立即将队内政治工作，对民众的宣传与组织工作，以及军事计划等等加以指示与整顿。并率队回磐石。"在率队回磐石途中，每到一地都召开群众大会，进行反日抗日宣传，在蜂蜜顶子附近还把反动地主的粮食分给农民，受到群众的欢迎。

队伍回磐石后，暂时驻扎在石虎沟。在杨靖宇组织指导下整顿了部队，肃清了队伍内的流氓胡匪，改变了队伍成分。同时，建立了新的领导核心，南满游击队总队长仍由孟洁民担任，副总队长为王兆兰、政治委员为初向臣、宣传主任为李红光、参谋长为穆景山。队内下设一个教导队，三个游击大队。经过杨靖宇对磐石反日义勇军的整顿，这支党领导的反日队伍从挫折中跃起，开始以新的姿态战斗在南满大地。在位于磐石、桦甸毗邻地带的郭家店，游击队处决了闻名南满的反动地主于宪庚，并缴获大小新式武器二十余支。

这一胜利，使南满游击队全体人员深受鼓舞，当地群众也拍手称快、倍感振奋。

在南满游击队取得初步胜利，队伍得到进一步巩固后，杨靖宇又在石虎沟指导中共磐石中心县委召开了党的第三次代表大会，批评了原中心县委负责人全光在领导方针上的错误。他严肃指出："我们每一个共产党员必须正确看到，东北的革命形势由于中日民族矛盾的尖锐化，出现了蓬勃发展的高潮，在这个高潮中，当然也出现有局部的暂时的低潮。这是由于地区不同、条件不同所决定的。但作为一个革命者，必须要经得起形势的严峻考验，去进行艰苦的群众工作。那种要放弃武装领导（指与"常占"队的合并），正表明这些人看不到革命形势发展的前途。那种要退出根据地，另寻别路的想法，是错误的。"这次会议改组了县委，产生了新的中心县委领导班子，由朴元灿任书记，改变了全县整个工作均行停顿的状况，恢复了过去的组织，取得了新的成绩。对此，中共满洲省委给予了肯定。1933 年 1 月 7 日，省委给磐石中心县委和游击队的信中说："在省委代表×××同志（即杨靖宇）的正确领导下，将过去磐石党领导的义勇军从土匪化的队伍挽救过来，开始了一个大的转变，成立了红军三十二军南满游击队。在不到一个月的时间里获得了许多成绩……这些成绩是磐石党和游击运动今后发展的基础与前提。"

继整顿磐石党组织和工农反日义勇军部队之后，杨靖宇在李红光陪同下，又于 11 月中旬起巡视吉海铁路沿线，整顿党组织，恢复重建了反日会和铁路工会等群众组织，明确其斗争方向，使铁路沿线以铁路工人为主的反日斗争进一步开展起来，接着又去海龙县巡视指导。在海龙，杨靖宇整顿了中共海龙县委和县委领导的抗日武装——活动于通化、柳河、辉南、临江毗邻地区（即龙岗地区）的海龙工农反日义勇军（由原海龙游击队和辽宁民众义勇军第九路军余部组成，总共 80 余人）。将这支工农义勇军改编为"中国工农红军第三十七军海龙游击队"，队长王仁斋，政委刘山春，并指示游击队负责人在龙岗地区坚持开展反日游击战争，壮大队伍，不断扩大游击区域。

杨靖宇在磐石、海龙等地巡视期间，废寝忘食，不辞辛苦，所做的工作是富有显著成效的。他根据省委指示，解决了磐石、海龙两个县委和吉海路沿线党组织工作中存在的问题，整顿了党领导的刚成立不久的抗日武装，使磐石、海龙两县委的核心更加坚强有力，党内团结进一步加强，红军游击队进一步巩固，为继续发展深入开展反日斗争打下坚实基础。

与此同时，杨靖宇在南满磐石、海龙两县及其他地方巡视过程中，还做了大量的城乡社会调查工作。在调查研究中，他特别注重对南满地区政治、经济情况和党内情况的了解，认为在南满之所以还不能更大地推动抗日战争，完成反日民族革命任务，最主要的原因是得不到党正确的领导和党的工作薄弱。鉴于此，他着重对磐石党团工作进行调查，详细掌握了全县党团组织情况：至 1933 年 5 月，磐石县有党员 162 名，其中游击队中有 92 名。党员成分 20% 是雇农，40% 是贫农。党员中有 25% 为朝鲜族同志。妇女党员占 6%，全部是朝鲜族。全县团员 90 余名，其中游击队中有团员 50 余名。在党内工作方面，杨靖宇在充分肯定成绩的同时，也看到其不足：党组织自身力量薄弱，干部缺乏，教育训练工作不够，因而一些工作，如工运工作、士兵工作、宣传鼓动工作等，没能很好地开展起来。

杨靖宇在南满磐石、海龙等地巡视期间对社会政治、经济状况的调查和对党内情况的了解，为省委对南满斗争作出正确决策提供了可靠的依据，他自己也更加了解了南满的实际情况，奠定了以后领导南满抗日斗争的实践基础。

力挽狂澜

经过杨靖宇领导下的全面整顿，使磐石游击队走出了低谷、摆脱了混乱，开始了新的发展。然而，天有不测风云，就在杨靖宇巡视吉海路沿线和海龙等地之际，磐石抗日斗争出现了新的危机。

当时在磐石有一个名叫张辅卿的大地主，家藏15支长枪。杨靖宇走后，磐石中心县委指示游击队总队长孟杰民（1912—1933，吉林省磐石县人。1931年"九·一八"事变后，和进步同学在磐石县立中学组织了反日救国会，积极参加抗日活动。1932年4月3日，孟杰民等遵照中共磐石中心县委的指示，领导了磐北蛤蟆河子七八百名农民群众举行的反日大暴动。同年，县委派孟杰民等秘密打入驻磐石县烟筒山伪军第五旅第十三团第二营第七连。不久，乘该部换防到伊通县营城子之机，组织哗变，率30余名士兵加入党领导的抗日武装，扩大了党在磐石的抗日武装力量。1932年6月4日，中共磐石中心县委在磐东区三道岗小金厂正式成立满洲工农反日义勇军第四军第一纵队，孟杰民任第二分队队长。他带领队伍走遍磐北、磐东广大农村，号召汉族和朝鲜族农民团结起来，一致抗日。期间，他曾率队联合反日军"宋营"攻入日军占领的磐石县城。同年11月，杨靖宇正式组建中国工农红军第三十二军南满游击队，孟杰民任总队长兼第一大队队长。1933年1月1日，孟杰民在解除地主武装的战斗中，不幸遭敌偷袭，壮烈牺牲，时年21岁）将队伍开赴张家所在地——位于磐石、伊通两县交界的长胳膊（地名）。孟杰民率队伍赶到距张家大院约二里处，然后令队伍隐蔽待命，自己和参谋长穆景山带领一名士兵先去张家大院，令人意想不到的是，张家不仅拒绝了抗日要求，还自恃手里有枪，枪杀了孟杰民，逮捕了同去的战士，穆景山虽按原定计划鸣枪示警并逃脱虎口，但当大部队赶到时，局势已无法挽救，经一昼夜激战，游击队负伤两人，耗费大量子弹，仍未攻下张家大院，只得主动撤离。1933年1月11日，游击队在磐东地区活动时，被东吉昌子（呼兰镇）高锡甲地主武装包围，遭到袭击。战斗中，游击队代理大队长王兆兰、政治委员初向臣牺牲，第三中队政治指导员和五分队队长受重伤。

接连两次重大挫折和主要负责人的牺牲，使刚刚有所振奋的军心士气再次波动起来，从战士到领导者，消极畏缩的情绪有所滋长，有人提出埋藏武器、人员分散活动，这无异于自动解散，结果，许多队员开了小差，队伍由160余人降至100来人。南满游击队的命运处于紧要关头。

为尽快解决磐石抗日斗争的新危机，中共满洲省委于1933年1月25日致信杨靖宇并转县委及游击队同志，要求磐石县委和游击队的领导者彻底转变盲动冒险攻坚的"左"的路线，坚持发动与领导群众斗争，"把两次事变的教训深入到每个同志与游击队员中"。对于杨靖宇（化名乃超）的工作，省委指示说"乃超同志应该把部分的时间留磐石工作，以一部分时间指导海龙工作，目前不应回省委"。遵照省委指示，刚在海龙巡视完工作的杨靖宇与李红光又回到磐石。

这时,共青团满洲省委派来磐石巡视工作的巡视员刘过风(1912—1933,哈尔滨市人。1930年加入共青团。"九·一八"事变后加入中国共产党,后调到共青团满洲省委工作。1932年夏任团省委巡视员。1933年1月29日风雪交加,投敌的"东江好"趁游击队去海龙县时,率400余敌来犯,刘过风立即组织农民自卫队,同敌人展开了迂回战。但终因众寡悬殊,力不能敌,撤出战斗时不幸中弹牺牲)也由哈尔滨来到磐石。刘过风坚决反对把队伍分散开来进行活动,批评了队内的错误思想,使队内情绪稍许稳定下来。尔后,在海龙巡视完工作的杨靖宇以省委特派员的身份召集磐石县委会议和队内特支扩大会议,研究面临的局势和对策。会上,杨靖宇传达了省委给磐石中心县委及游击队的指示性精神,坚决而又严厉地批评了县委和队内党的领导干部思想中存在的悲观失望、畏难情绪等不正确观念。他阐述了党中央的领导抗日武装斗争的总方针,重申了省委交付给磐石的工作方针,重申了省委交付给磐石党组织的任务,以此统一同志们的思想认识。指出,只有在党中央和省委领导下,坚决地丝毫不动摇地为巩固、发展红军第三十二军南满游击队而斗争才是出路。进而使县委领导同志、游击队内骨干的认识归于统一,坚定了大家一定要把游击队建设好,与日本侵略者斗争到底的决心。

根据面临的严峻形势和实际情况,为了打开磐石地区反日斗争的新局面,杨靖宇果断地采取了三项措施:

第一,召集全体队员会议,追悼先烈。杨靖宇在部队举行的悼念自游击队建立以来先后牺牲的孟杰民、王兆兰、初向臣等干部战士大会上指出,为革命牺牲是无上光荣的。他号召:"我们没有死的同志们应脚踏着死者的血迹走上前去,完成革命伟大任务。"追悼大会的召开,激发起干部、战士继承先烈遗志,积极开展反日斗争,誓把日本侵略者赶出中国的斗志,从而恢复了部队的士气。

第二,再次整顿队伍,宣布对新任领导干部的任命。通过整顿,加强了对干部、战士的思想教育,提高了对革命艰巨性的认识,增强了与失败、挫折斗争的信心。杨靖宇为把这支党领导的游击队建设好,决定留在游击队任代理政委。为便于工作,稳定部队情绪,他考虑到因伤离队的首任磐石工农反日义勇军政委姓杨(杨君武),人称杨政委,便也改姓为杨。所以队员把他(张贯一)也叫杨政委。特别是队内朝鲜族战士叫杨政委的音调很像杨靖宇,于是,他说:"我的名字就叫杨靖宇吧!""靖宇"含有铲除变乱,平定四方之意,表明了他矢志抗日的坚强决心。同时,这个名字与朝鲜语杨政委又近似谐音,战士们叫起来也方便(当时游击队内朝鲜族战士占有近半数)。从此,"杨靖宇"这一响亮的名字和东北抗日游击战争一起,历经磨难和挫折,越挫越勇,顽强拼搏,在战斗里成长,在战火中辉煌,在第二次世界反法西斯战争史上留下了精彩的篇章。

经过再次整顿的南满游击队新的领导人是:游击队总队长袁得胜、政委杨靖宇(代理)、参谋长李松波;教导队队长李明海、政委李红光;第一大队队长朴翰宗、政委严弼顺;第二大队队长韩浩、政委朴四平;第三大队队长王平山、政委王绍文。部队新的领导干部名单的宣布,特别是杨靖宇留任游击队政委,对游击队全体干部、战士是个极大鼓舞,使同志们对斗争的前途充满了信心。

第三,主动出击,开展游击活动。队伍整顿过后,于1933年

1月下旬（春节期间），杨靖宇率队主动向蛤蚂河子反动地主武装"保民会"的"会兵"及据点"会房"展开了进攻，缴获"会兵"武装长短枪10支，逮捕包括有"会兵"头目在内的5名汉奸地主，没收其猪羊、粳米、白面、衣服等物品若干，并将没收的粮食分给贫苦农民，扩大了党的政治影响。随即，杨靖宇率队70余人，于吉海路沿线老爷岭，在铁路工人的配合下，击败日本关东军独立守备队一小队40余人，毁坏敌人铁甲车一辆，毙伤日寇30余人。之后，又率队100余人在庙岭与伪满军500余人展开战斗，敌死伤20人。这两次军事行动的胜利使游击队士气为之大振，队内干部、战士欢呼雀跃，情绪高涨，一扫过去愁眉紧锁、满面阴云的景象。

游击队内部的稳固和斗争的初步胜利，使杨靖宇很快在队伍中树立起了威信。县委和游击队全体同志一致公认，自从杨靖宇由海龙赶回磐石，再次整顿游击队并出任游击队政委后，磐石地区的反日斗争有了新面貌。游击队开始置于党的正确领导之下，游击队内的精神面貌大为改观，红军在群众中树立起很高的威望，广大群众抗日斗争情绪也日趋高涨。工农群众热烈欢迎红军游击队，主动募捐，送慰劳品，许多青壮年积极要求参加南满红军游击队。

南满游击队获得新生后进行的几次战斗，使日伪当局感觉到这支赤色游击队及其他反日部队的存在对其在南满的统治实是心腹之患。1933年1月下旬，伪吉林省省长、大汉奸熙洽（1884—1952，字格民，辽宁沈阳人，爱新觉罗氏，是清太祖努尔哈赤亲兄弟穆尔哈齐的后裔。"九·一八"事变后沦为汉奸，在日本军国主义者的合谋监视下，熙洽声明与南京政府和张学良政权脱离关系，宣告吉林省独立，成立军政合一的吉林省长官公署，自任长官。中华人民共和国成立后,熙洽被引渡回中国。1950年,病死于哈尔滨狱中,终年68岁)利用所谓"冬深木落,匪失凭藉"之机,发布"围剿"反日军通令:"令各县长自奉命后,迅即整饬警团,严重痛剿,务将零星小股,克日歼除,以靖地方。"于是,从1月末起,日伪当局派出大批伪满军配合日本侵略军,前来磐石地区"围剿"南满红军游击队及其他抗日武装。

面对敌人的"围剿",杨靖宇领导南满游击队同敌人展开了激烈的反"围剿"斗争。从1月末开始,这次"围剿"与反"围剿"斗争持续到5月份才结束。无疑,这次反"围剿"斗争对于刚整顿恢复不久的南满游击队是一次严峻的考验。在四个多月的时间里,南满游击队在杨靖宇的率领指挥下,与敌人进行大小战斗60余次,其中最为激烈的有4次。英勇的南满游击队指战员以不畏牺牲、压倒敌人的英雄气概,终将凶恶的敌人全部击溃,获得了巨大胜利。从此之后,南满游击队声威远震,城乡各地、义勇军、山林队乃至伪满军中都议论着"红军"与敌人英勇作战之事。在该阶段反"围剿"斗争中,有"杨靖宇率领游击队冲破敌人四次围剿"之荣称:

第一次冲破敌人"围剿"。1933年1月29日,日军及投降日伪的土匪"东江好"(驻烟筒山)及毛团(即伪满军毛作彬团,驻吉昌子镇)共三四百人,于上午11时向南满游击队根据地玻璃河套进攻。敌军闯进玻璃河套后,大施淫威,枪杀了共青团省委巡视员刘过风,肆意拷打群众,奸淫妇女,抢掠财物,使玻璃河套惨遭蹂躏。因当时南满游击队在海龙三十一户地方活动,敌人未寻到游击队。1月30日,敌兵大增。当时南满游击队行抵一个叫大坑的地方驻下。在此,游击队受到敌军千余人的"围攻"。上午10时,"东江好"六七百人，由北面向南满游击队驻地攻来。杨靖宇指挥游击队当即与其展开战斗。游击队员一面反击，一面发动政治攻势，高呼"士兵不打士兵""红军是穷人的队伍""哗变过来，杀死你们投降日本的走狗长官，投向红军""劳苦兄弟联合起来，去打共同的敌人——日本帝国主义！"在游击队英勇猛烈的反击下，敌人败退。同时，"毛团"本部及其所辖的"四季好"共约300人又由南面用机关枪向我军阵地猛射，敌人虽屡次向游击队阵地冲锋，但都遭到了迎头痛击，他们占领游击队阵地的图谋终未得逞。

当游击队大部分在大坑与敌人激战时，杨靖宇调动游击队一小部转到三棚砬子，包围了退到那里的敌人——"东江好"。敌军毫无防备，被打得措手不及，死伤多人。最后"东江好"力不能支，落荒而逃。游击队占领了三棚砬子。不多时，又有从西面、西南分别由二道岗和三栋顶来的"会兵"向游击队发起进攻。游击队员毫不畏惧，越战越勇。他们依据有利地势，沉着应战。战至傍晚，敌人见势不利，损失巨大，便逐渐败退收兵。此时，游击队在杨靖宇指挥下，也乘机经拐子坑转向红石砬子撤出战斗。天亮时，游击队各部会合于玻璃河套大生菜地方。

此次战斗，由日寇指挥的敌军共计千余人，南满游击队与敌人激战了一整天。敌军死伤二十余人，损耗弹药无数，机关枪也被游击队打坏。南满游击队牺牲队员一名，伤一名。这次战斗旗开得胜，粉碎了敌人的第一次"围剿"，显示了南满红军游击队应有的战斗力。

第二次冲破敌人"围剿"。1933年2月27日，南满游击队驻在砖庙子。翌日，有敌军——日寇率领指挥的"东江好""毛团"六七百人，为围剿游击队先向砖庙子扑来，并把南满游击队一部包围。为避敌锋芒，占据有利地势，杨靖宇指挥游击队战士有计划地退至浅草沟山顶。之后，游击队突然向敌人展开猛烈射击。由于游击队占据有利地势，居高临下，敌人虽屡次冲锋，但皆被击退。作战时，游击队战士精神振奋，高唱革命歌曲，向"毛团"士兵喊话，高呼"中国人不打中国人！""共同去打倒我们的敌人——日本帝国主义！""拖枪哗变过来！"等口号。此次激战历经三个多小时，敌军死12人，伤10人。游击队牺牲1名队员，伤1名队员。此战敌军败北，红军大胜。不久，日伪当局将战败的"东江好"缴械，"毛团"也不被信任。"毛团"首领毛作彬基于形势所迫，举旗哗变，倒戈抗日。"毛团"曾多次为日伪当局驱使，与南满游击队交战。这次"毛团"首领率队哗变反日，其本身就是对日伪当局的一个打击。同时，磐石地区广大群众莫不感到振奋，极大地扩展了南满红军游击队的政治影响。

第三次冲破敌人"围剿"。1933年3月底，日伪当局在其"讨伐队"连续遭到两次失败后，又调动日军守备队700余名向南满游击队展开进攻。日军守备队携带机关枪、大炮等轻重武器，自磐石、小城子等地出发至玻璃河套，向驻在杨宝顶子的南满红军游击队包围过来。在杨靖宇指挥下，游击队布开狭长阵线准备迎战。敌人用两门大炮、四五挺机关枪集中火力向游击队猛烈射击，并在炮火掩护下，多次向游击队阵地冲击。游击队从容迎战，向冲上前来的敌人瞄准射击。敌人在明处、游击队在暗处，敌人集中、游击队战线狭长，敌人在游击队的准确射击下应声而倒。此战由下午1时战至夜幕降临。日军守备队长以下十几人被击毙，伤数人。傍晚，敌人见大势已去，全部溃退。游击队无一伤亡。

这次反"围剿"斗争的胜利,游击队员们更加兴奋。当地群众也兴高采烈,他们说,只有中国共产党领导的红军游击队才是真正彻底的反日武装;只有红军游击队才有这样的战斗力,才能够给敌人以沉重的打击。

第四次冲破敌人"围剿"。 上次大规模进攻一个月后,敌军于4月底又向南满游击队展开了第四次大规模"围剿"。这一次敌人派出大股部队,从小城子出发,动用三门迫击炮、七八挺机关枪,向游击队驻地萝卜地包围过来。杨靖宇得知敌人袭击的消息后,迅即指挥游击队转移到萝卜地附近的大泉眼地方。中午时分,正向萝卜地贸然开进的敌军行至大泉眼地方,突遭埋伏于此的游击队的打击。敌人惊魂未定,仓促架起迫击炮、机关枪向游击队阵地开火。此时,杨靖宇指挥游击队于正面和敌人交战,伺机又派出部分马队抄袭敌人背后,并设下埋伏,准备敌人逃窜时予以堵击。战斗中,敌人见正面冲击无法得逞,又受到背面围攻,便急速集合夺路而逃。敌人溃逃时遭到了事先埋伏好的游击队小股部队的迎头痛击。这次战斗毙敌10余人,其中有日军6人,伤敌20余人。游击队方面毫发无损。

这四次反对敌人"围剿"的斗争,共消灭日伪军100余人。在反对敌人"围剿"斗争中,南满红军游击队发展至230人,武器装备齐全。队员人数较"五洋"队时期增加了三倍。这四次反"围剿"斗争影响极大,中共苏区中央局机关刊物《斗争》曾以《南满赤色游击队的新胜利——冲破日本帝国主义的四次进攻》为题,进行了详细报道。反"围剿"斗争的胜利,让游击队声威大震,游击队全体指战员扬眉吐气、精神振奋、士气高涨。磐石、伊通、海龙等地的广大群众备受鼓舞,深感抗日有望。一些义勇军、山林队看到中国共产党领导的游击队确实有力量,便开始主动靠近南满游击队。同时,南满红军游击队的活动也对伪满军产生了一定的影响。在磐石、伊通一带的一些伪满军中,有人提议:"我们与红军没有仇恨,再让打红军的时候,我们不瞄准打了。"南满游击队在磐石一带开始稳固地扎下了根基,并成为各抗日武装部队的模范和核心力量,推动着旧奉天省东边道地带及安(今丹东)沈(阳)铁路沿线抗日游击运动的新高涨。与此同时,在海龙县委领导下的工农反日义勇军,自杨靖宇于1932年12月间赴海龙巡视将该队改编为"中国工农红军第三十七军海龙游击队"后,在海龙、柳河、清原一带也积极开展反日抗日活动。

红军游击队的存在和发展,使日伪当局坐卧不宁、惊恐异常,深感共产党领导的游击队继续发展,将对其在南满统治构成威胁。日本侵略者的喉舌《盛京时报》,尽其污蔑之词,1933年5月4日,该报以《海龙县境一带红军跳梁》为题载文报道说:"以磐石西方、海龙县境一带为势力范围,狂奔扩大其党势之共产党,由首领南方人,参谋磐石人统率之,最近自称为红军第三十二军开始积极运动。普遍袭击附近富豪,强夺财物,分与附近贫民,并向附近各地派遣宣传员,努力宣传,故附近农民之加入红军者日益增多,其数已达二三千名,若再不讨伐,恐陷于不可收拾之状态。故海龙、磐石两县警察队,对此近将开始彻底的讨伐,以一扫祸根云。"从敌人的这篇报道中,可以看出敌人不仅视南满游击队为"祸根",且恐其继续发展,"陷于不可收拾之状态"。当然,文中所载红军已达"二三千名"不算属实,说得偏大,但游击队确实比"五洋"时期大有发展。

在当时，南满各地不仅广大民众、义勇军在谈论红军游击队的事情，而且在其影响下，一些伪满军也发生了动摇。驻吉林市的伪吉林警备第五旅步兵第十四团士气十分低落。该团迫击炮连在红军游击队胜利斗争的影响下，在党组织派入该连队内部的共产党员曹国安、宋铁岩及张瑞麟（起义前两日入党）的策动下，反日情绪高涨，积极准备起义。1933年4月下旬，伪满军第十四团迫击炮连随团部开进吉林南山"讨伐"反日军。士兵们对"讨伐"十分反感，故意放空枪，打空炮。"讨伐"结束后，部队移驻磐石县烟筒山临时驻防。迫击炮连驻在"成德源"烧锅院内。此时，曹国安等认为起义条件已成熟，要不失时机展开行动。5月28日（端午节）夜，伪满军十四团迫击炮连100余名士兵，在曹国安（1900—1936，吉林省永吉县人。1931年参加学运并于10月加入中国共产党。1932年春，回到家乡永吉县做兵运工作，参加组织抗日武装斗争。1933年打入伪军做兵运工作。9月任东北人民革命军第一军独立师三团政治委员。1934年11月任东北抗日联军第一军第二师师长兼政委。同年冬，率部转战长白山地区，曾击溃日伪军"讨伐"队一千余人。1936年12月20日，在临江县七道沟抗击日伪军战斗中壮烈牺牲，时年36岁）、宋铁岩、张瑞麟领导下举行起义，在击毙反动连长后，携带迫击炮1门，炮弹80发，步枪100余支，子弹2万发，奔赴石虎沟。第二天，起义连队与前来迎接的南满红军游击队取得联系，奔赴游击队根据地玻璃河套，在那里参加了南满红军游击队，被编为游击队迫击炮大队，曹国安任队长，宋铁岩任政委。

伪满军十四团迫击炮连起义，是在敌人对南满游击队连续发动四次"围剿"后发生的。这支伪满军加入南满红军游击队,极大地扩展了红军游击队的政治影响,震惊了日伪当局,一些伪满军更加动摇。迫击炮连哗变后,受其影响,1933年7月13日,伪满军十四团机枪连第一班6名士兵携轻机枪1挺、步枪6支加入南满游击队;7月22日,同团士兵30名,携带步枪33支、弹药300发,参加了南满游击队。上述部队的加入,增加了游击队的有生力量,改善了部队装备,特别是携来一门完好的迫击炮,使南满红军游击队有了重武器,更加积极有效地打击日寇驻军,破坏日伪军事设施,增强了人民抗日武装实力。

学习朱毛

由于历史的原因,东北地区的革命力量较为薄弱,武装斗争只是在"九·一八"事变后才广泛展开,经验极度缺乏。而在这时,由朱德、毛泽东领导的井冈山和中央苏区斗争已形成新局面,积累了许多宝贵经验。在领导抗日斗争的实践中,东北地区的共产党人特别注重学习运用朱毛红军的经验,杨靖宇在这方面既是首倡者,又作出了特殊的贡献。

在联络不畅的情况下,东北地区的党组织和共产党人,多方设法收集有关朱毛红军的资料,经过多方努力,特别是经过地下交通线的努力,一些记载朱毛红军历史和经验的小册子相继传入东北。对于这些资料,杨靖宇结合东北地区的实际情况进行了认真的学习研究。

在所有小册子中,有一本杨靖宇学得最仔细、最透彻,对他的影响也最为深刻。这本小册子就是毛泽东同志于 1934 年 7 月起草、10 月由中央革命军事委员会印发的《中央革命军事委员会关于游击队活动的指示》一书。1934 年 11 月,中共南满第一次代表大会在杨靖宇主持下通过决议,要求:

"各参谋部根据'游击战术的小册子'和自己宝贵的经验,来经常研究讨论在归大屯附近活动的新的游击战术"。

在学习贯彻朱毛红军经验的过程中,杨靖宇特别注重从东北地区实际出发,创造性地运用这些经验,逐步形成了具有东北特色的抗日游击战争战略战术。在杨靖宇的率领指挥下,抗联第一军军部在作战后,经常召集全体指挥员开会讨论,总结作战中好的经验,查找作战中的失误,并由各级指挥员分头到战士中间传达贯彻。

与此同时,杨靖宇还创建了抗联部队官兵互教互学军事技术的战术研究会,其职能是每到达新地点宿营时,根据该地形,假设敌人从某方面来,如何抵抗等,这种战术研究会一切围绕实战进行,可操作性极强,深受广大指战员欢迎,认为这种方法较好,因为敌人真来时,即可按讨论状况从容应战。

就这样,通过战术研究会、战斗讲评和军事训练等多种方式,杨靖宇发挥集体智慧,总结实践经验,在战斗中注重诱敌深入和集中优势兵力,形成了被战士们概括为"杨司令三大绝招"的半路伏击、远途奔袭、化装袭击三大战术原则。形成了基本作战方针:

不能予敌以痛击的仗不打，于群众利益有危害的仗不打，不能占据有利地势的仗不打，无战利品可缴的仗不打。

这一方针把保存自己同消灭敌人统一起来，把战斗需要和维护群众利益统一起来，把发挥战士主观能动性同地形、战利品等必不可少的客观条件统一起来，和"三大绝招"一起，对南满抗日游击战争发挥了指导作用。在机动灵活的游击战术之下，杨靖宇率部敏锐捕捉战机，以己之长，击敌之短，成为南满抗日斗争的主力军。

杨靖宇学习朱毛红军的经验与东北战场上的实际情况融会贯通，打造出一整套独特的、神出鬼没的游击战术，令日伪闻风丧胆，让百姓拍手称快。《救国时报》于1936年6月30日发表文章赞誉杨靖宇是"东三省第一个执行游击战术的人"。甚至连伪满军政部军事调查部也不得不承认："第一军总司令杨靖宇有才干，是真正具有将才的人物，从人民革命军成立以来，他就是第一军的总司令。"

第五章　智勇双全显神威
　　　　转战南满英名扬

筹建东北人民革命军第一军、率部歼灭顽匪邵本良、部署指挥西征、成立东北抗日联军第一路军并任总司令兼政治委员……正所谓：智勇双全显神威，转战南满英名扬。

创建一军

杨靖宇组织指挥的队伍在与日伪的斗争中不断发展壮大。遵照中共满洲省委的指示，杨靖宇在带领指挥部队与敌人连续作战的百忙之中，仍以相当精力关注着各路义勇军的整编改造工作，经过努力，组建东北人民革命军第一军的工作基本就绪。

1934年11月7日，在十月革命17周年和中华苏维埃共和国成立3周年的日子里，杨靖宇激动地庄严宣布：东北人民革命军第一军正式成立！这是南满地区乃至全东北抗日斗争史上的标志性事件。

杨靖宇任东北人民革命军第一军军长兼政委。

其他军级主要领导人还有政治部主任宋铁岩、参谋长朴翰宗、军需处长马占源。

军部下辖两个师和一个游击大队：

第一师师长李红光（1910—1935，朝鲜族，朝鲜京畿道龙任郡丹参洞人。因不堪忍受日本帝国主义的殖民统治和残酷压榨，积极投入到反对日本侵略者和军阀、地主的斗争之中。是南满抗日游击队的主要创始人，曾任东北抗日军联合指挥部参谋长。1935年5月12日在战斗中不幸中弹壮烈牺牲，年仅25岁）、副师长韩浩、政治部主任程斌；第二师师长曹国安、参谋长李松坡、政治部主任张云志。两个师共下辖六个团。

游击大队队长苏剑飞、政委王仁斋。保卫队和教导团直属军部领导，教导团下辖两个连。全军共八百余人，另有直接领导的义勇军武装近千人。

在东北人民革命军第一军正式成立大会上，杨靖宇发表了热情洋溢的讲话。他说："东北被日本鬼子侵占了，咱们一定要起来救国！别看我们现在的队伍人少，慢慢就会扩大。火柴虽小，点着火以后可就无法扑灭。抗日的队伍也是由小到大。我们现在人少，就采取打得过就打，打不过就躲的办法，但胜利终究是我们的。我们是红军，是人民的子弟兵。我们有铁的纪律，不准打骂百姓，不准动百姓一针一线，就是百姓给我们炖猪肉我们也不能随便白吃。我们的目的是抗日，要坚决把日本侵略者打出中国去。"

他最后号召一军将士："每一个忠诚的共产党员、青年团员、爱国志士，必须贡献最后一滴血来绊住敌人，打击和消灭敌人，坚持长期艰苦斗争下去，胜利一定属于伟大的中国人民。"

为了更有效地消灭敌人，东北人民革命军第一军成立大会上还具体制定了四不打战略：

1. 地形不利不打；
2. 不击中敌人要害、不能缴获敌人武器不打；
3. 付出很大代价不打；
4. 对人民造成损害不打。

杨靖宇结合实际情况，还提出了四条具体打法：快打、快走、快集中、快分散。

东北人民革命军第一军组建完成后，采取分散方式发动群众，扩大游击战争和游击根据地范围。具体部署是：第一师以龙岗山脉一带为后方根据地，在临江、通化、柳河、兴京等地活动；第二师以辉发江南的濛江、金川、抚松等地为后方根据地，在磐石、吉林市与桦甸交界处、海龙、西安、伊通等地活动；杨靖宇率军部及军部直属部队在通化、柳河、濛江、金川等地活动，并同时指挥全军各部。

全歼邵旅

在蓬勃兴起的东北人民抗日斗争高潮中，杨靖宇创建和领导的东北人民革命军第一军越战越勇、捷报频传。尤其是全歼伪军邵本良部一役，更是杨靖宇军事指挥艺术的最高峰。当时，在杨靖宇部队的话语体系中，战斗被称为"做工作"，而邵本良伪军的全军覆没，也就是杨靖宇和战友们做得最好的一项工作了。

邵本良原本是个"匪龄"长达二十余年的江洋大盗，仰仗着"官匪一家"的腐败社会制度，摇身一变成为奉军军官，在军阀混战中，他以"亡命冲杀"，受到以张作霖为首的奉系军阀首脑们的赏识，"九·一八"前已官至上校团长。"九·一八"以后，邵本良率部随其上司、东边道镇守使于芷山叛国投敌，协助日寇"清剿"各路抗日武装。邵本性凶残，其手下也多是土匪出身，作战时历来死拼硬杀，残害百姓更是家常便饭。邵本良深受日寇青睐，被伪政权授予少将军衔，其所属混成第六旅第七团成为伪东边道"讨伐"总部直属部队，日寇曾称其为"国军之精华""武人之龟鉴"。因其效忠敌寇且"用力进攻抗日军"，待遇更在伪军中首屈一指："收他过去的杂枪，换上一色三八式枪……黄呢军衣，月七八元不压薪，不灵便的子弹带换了皮盒"。这里需要说明的是，当时伪满军除溥仪卫队"护军"外，月饷仅4元有余，甚至"护军"最高的上等兵月饷也不过11元4角。仅此一项，足见邵本良部在伪军中的地位之重。东边道一带的群众和抗日武装一方面对其恨之入骨，另一方面因力量不足、多次吃亏，又畏之如虎。东北人民革命军第一军从成立之日起，就以消灭邵本良部这个最凶恶的敌人为当务之急。

杨靖宇率部转战辉发江两岸时，三源浦、凉水河子、矸木台三战三捷，已使邵本良损兵折将、气急败坏，自认："我就够诡的了，红军的杨司令比我还诡！"然而这些还仅仅算是"见面礼"。进入1934年，杨靖宇又在3至5月间，指挥刚刚统一建制的南满地区抗联部队，在金川境内的梨树沟和横虎头沟与邵本良部交战，这些战斗的结果，有邵本良的自供为证："红军大概有500人，加上胡子共约1000人，的确不容易打，他们不像胡子一打就跑，不管你怎样攻，他硬在山上不退。就现在我们这500来人打不了他们。"这些战斗的胜利，也为刚刚成立的东北抗日联军总指挥部大壮声威。11月下旬，杨靖宇抓住日伪第五次"东边道大讨伐"收场之机，执行"敌退我追"战术，率军部直属部队及一师进至通化三岔河，将正在当地的邵本良伪军、伪警和日军守备队包围，战斗中毙敌30余人。11月29日的战斗更加激烈。杨靖宇先是率300余名战士在金川三区与邵本良伪军交战，后又出敌不意，在激战中敏锐把握时机，甩掉敌人，于晚8时奇袭邵本良老巢柳河孤山子镇。战况之激烈，敌伪喉舌《大同报》12月14日报道："枪声爆起，弹雨横飞，继之以炮声隆隆"。因邵本良伪军主力均集中于金川三区战场，故城内空虚，抗联部队一攻而入，并在城内与急速回援的邵本良部主力巷战两小时，毙伤伪军20人，邵本良本人及其身边5名亲随也在十字街头受到猛烈射击，险些中弹。随后，杨靖宇部携缴获的军需品撤出城外开赴临江地区。

经此连续战斗，邵本良部伪军损失惨重、士气低落。1935年4月29日，东北人民革命军第一军在报告中记述说："他们一方面怕我军战斗力，另外抱着极大的同情，时时不愿进攻我们。邵本良弟兄连夜追击我军，疲惫不堪，弟兄公开骂邵本良，他们抓农民代为背枪，说'这枪送给红军去，人家才是中国人'"。甚至一个排长已策划率部哗变，不幸事泄被邵本良杀害，他的妻子及他部下一个下士夫妻共三人也因而悲愤自杀，此事更加动摇了邵部军心，作战时逃亡甚多。

四个月后的1935年8月20日,杨靖宇又率军部教导团,在义勇军四海山部(即南满抗联第二支队)的配合下,在柳河与清源交界的黑石头(地名)迎候"老对手"。此前,杨靖宇本欲奔袭柳河县城,后因侦察得知守城敌军已得到增援,遂决定主动暴露行动踪迹,引敌出巢,利用有利地势设伏歼敌。经四天行军,将尾追之敌引至黑石头。

当时参战的战士、时任第一军第二师师长曹国安警卫员的王传圣,在1937年曹国安牺牲后成为杨靖宇的警卫员。他详细回忆了黑石头战斗的经过:

> 8月下旬的一天,侦察员向杨靖宇军长报告说,敌人距我部只有三十多里,估计明天可能赶到。杨靖宇军长听后,高兴地说:"太好了,我们就是要他来追。"杨军长说完后,要各连长和指导员以上的干部立即来开紧急会议,又说,请四海山也来参加会议。开会的人到齐后,杨靖宇军长说:"明天敌人就能追上来,这是邵本良的第七团。我们去沟里黑石嘴子(也叫黑石头)一带埋伏,把敌人放进我军的埋伏阵地,打他个措手不及。敌人的战斗力再强,他也无法抵挡我军的突然袭击,敌人如果负隅顽抗,就坚决消灭之。"杨靖宇军长又说:"要做好打硬仗的准备,要准备和敌人拼刺刀。"杨靖宇军长说到这里,环视了一下有力地说:"就这样决定,按部署的办。大家一定要保守秘密,不能走漏消息,谁走漏消息,对谁就按军法处理。"会后,各部进行了准备,军部立即派人去黑石嘴子察看地

形,各部准备带足够一天的粮食……

　　部队到了黑石嘴子后,按杨靖宇军长的部署,冲锋队一律埋伏在路北山根下,距离道路也只有几米远。山根下蒿草长得很高,战士们用手轻轻把蒿草分开,钻进去后又把蒿草按原样扶好,没有一点可疑现象。战士们埋伏好以后,杨军长和曹师长又仔细检查了一遍,直到全部埋伏好了才算完事。道路北是蒿草,道路南是一片黄豆地,一马平川,正是消灭逃跑敌人的好地方。天快放亮时,我们才随杨军长、曹师长上了北山指挥部。

　　杨靖宇军长有一整套机动灵活的军事原则,如埋伏袭击,即利用敌人交通要道上的树木或其他地物潜伏起来,当敌人进入埋伏圈时进行突击,予以歼灭,这次伏击战就是运用这一原则。在具体打法上,计划是待敌人队伍尾巴全都进入我军伏击阵地后,由指挥部开枪,战士听到枪声后立即突击敌人。这次军部设在北山上,看不见敌人队伍的尾部,便决定由曹师长在头道卡子后边小山头上监视敌人,并由曹师长指挥开枪。我们两个警卫员跟随曹师长向预定的小山头上去,这个山头虽然不算高,但很陡,我们费了很大劲才爬到山顶上,可是在山顶上仍然看不清道路,就又下到山坡上,我们怕一不小心滚下山去,每人就骑在一棵树根上坐下来,就是睡着了也滚不下去,在这地方有柞树林子掩护,从树缝中观察大道也非常清楚。我记得当时闷得很,一点风也没有,蚊子、小咬等直向我们进攻,我们也只好挺着,当然更不能抽烟了。

天放亮不久，不知怎的又起了雾，等太阳出来后，雾才慢慢散开。十点钟左右，曹师长说："快吃点东西吧，待一会敌人要来了。"我们三人刚吃完煮苞米，就听到大道上有响动，不一会就清楚地听到说话声、咳嗽声、脚步声、刺刀和水壶互相撞击声，我从树缝里悄悄望出去，看见前头有三个尖兵，距大队有一百米左右，后面敌人队形密集，敌指挥官吆三喝四地喊："快走！快走！"看来毫无戒备。

曹师长也把这一切看在眼里，他打了个手势，这是叫我们把枪准备好。我们都把眼睛瞪得很大，紧盯着敌人的后尾。曹师长见后面没敌人了，喊了一声："打！"我们三人一齐开枪，顷刻枪声大作，敌人被这突然一击，顿时队形大乱，喊声、叫骂声响成一片。我们的战士也高喊："缴枪不杀！""优待俘虏！""冲呀！""杀呀！"转眼工夫，敌人溃不成军，死的死、爬的爬。我一见，心里直着急，可是又不能离开曹师长。这时，曹师长说："你们看，往回跑了几匹马，还驮着什么东西，快追！"我们从山上追出去不远，就看见几个没带枪的伪军牵着马往回跑，一个马背上驮着迫击炮，另两匹马驮的是炮弹，我们把人、马和迫击炮等全缴获了。

我们回头走到大道上，看见地上躺着被打死的敌人，打伤没死的在叫喊，我就捡了一些子弹。在道边的水沟里一个敌人脑袋被炸去了半个，一顶军帽在水里，帽子里红的白的一大堆，敌人的脑浆都淌出来了。战斗后听有的战士讲，他埋伏在蒿草地里时，听见了几个伪军的对话。一个说："伙计，我今天老想尿尿。"听另一个问："尿尿怎么的？""我每次出发老要尿尿，就准要打仗。""你叫抗联都给打怕了。"这几个伪军话还没说完枪就响了。敌人吓蒙了，见北山根草高就往里钻，正撞上我们战士端着刺刀冲出来，还没等敌人明白，刺刀已捅到身上了。后边的敌人明白过来，只有往黄豆地跑，我们战士从后边追上去，喊着："缴枪不杀！""优待俘虏！"一部分敌人看看无路可逃，只好举枪投降。有一部分顽抗的敌人，被我们分而歼之了。

在这次战斗中，还发生了这么一件事。许国有连长在从路北一棵大树下冲出来时，正和一群向大树跑去的敌人相遇，许国有连长打倒几个敌人后枪不响了，七八个敌人围上来对许连长拳打脚踢，许连长拼命与敌人厮打，但还是被敌人压在底下。正在危急时，军部的李司务长从山上冲了下来，见到这种状况，连发数枪，一枪一个，打倒七个，活捉一个，救出了许连长。

这次战斗只用了半个小时，毙伤敌人六十多名，俘虏敌人十六七名，只有前头出了我军伏击圈的算侥幸逃命。在这次战斗中我们还缴获战马三匹、三号迫击炮一门，炮弹八发，三八式步枪六十多支和许多子弹，还缴获了一架望远镜和两把战刀，我军牺牲七人，伤三人，其中许国有连长是重伤。四海山部也在老岗顶上活捉敌人十多名。

军部韩仁和秘书长对被俘的伪军讲了话，他说："我们是抗日救国的队伍，是中国共产党领导的人民军队。你们团长邵本良这个铁杆汉奸，专门和我抗日军民作对，我们就要打他。你们只要放下武器不抵抗，我们对被俘人员一律不伤害，不论是军官还是士兵，这是人民军队对待俘虏的政策。今后，你们再遇上今天这种情况，不要抵抗，你抵抗也没有用，不死即伤，何苦替日本人卖命呢！其实，你们不论是军官还是士兵，都是被日本人和邵本良驱赶来的，你们自己并不乐意来打仗。"说得那些被俘的伪军直点头。韩秘书长又接着说："你们回去告诉邵本良这个汉奸卖国贼，今后我们还要和他较量，他不是说要和杨靖宇打到底吗，不消灭杨靖宇死不瞑目吗！好吧，我们一定和他打到底，告诉他小心点。"最后，韩秘书长说："我们一天不把日本强盗从东三省赶出去，就一天不算完。日本强盗在东三省烧、杀、抢，奸淫妇女，无恶不作。你们是中国人，凡是不愿做亡国奴、有民族气节的人，应为抗日救国做些好事，不要替日本人残害中国同胞。现在，每人发五元路费，放你们回家。"当时伪军士兵都愣住了，一时不敢相信这是真的。

  这一仗对日伪军震慑很大，我们的俘虏政策也对分化瓦解伪军起了很好的作用。等敌人调动大队人马来追赶我们时，我们早已转移回河里（位于吉林省靖宇县）休整了。在回到河里后，又召开了总结大会，杨军长还让李司务长介绍经验。李司务长很不好意思地说："我没有什么好介绍的，那天枪一响，我就冲下山去缴枪，等我跑到一棵大树跟前，见几个敌人围打一个人，我也没看清是谁，冲着敌人就开了火，一气打倒六个敌人，剩下两个转身就跑，我追去开枪又打倒一个，这时枪里已没有子弹了，我大喊一声，你再跑，也把你打死，那个家伙乖乖地举手交枪，他要开枪，我也完了。"听到这里大家都笑了起来。李司务长接着说："反正打仗要勇、要猛，你又勇又猛敌人就怂了。"因为李司务长这次打死七个敌人，活捉一个敌人，受到表扬奖励。我们从此给他起个绰号，叫"七加一"。

（王传圣：《抗联一军痛歼汉奸邵本良》，宋晓宏、高峰、傅伟编著：《永久的丰碑——杨靖宇将军资料汇编》，吉林文史出版社2005年版，第265—268页。）

黑石头战斗结束后，杨靖宇率第一军军部直属部队，在柳河、金川、通化、临江交界处活动。9月11日的旱葱岭战斗，又使邵本良品尝"赔了夫人又折兵"的滋味。

战前数日，军部秘书长韩仁和侦听敌军电话，得知邵本良部伪军运输队将于9月11日从柳河孤山子出发前往八道江，届时将用十余辆大车运送伪军家属和军用物资，邵本良将派副官"刘大绝户"（绰号）率一个连护送。杨靖宇得知详情后，决定在敌军必经之路——位于金川和临江交界的旱葱岭伏击敌人。在向部队作战前动员时，杨靖宇说道："我们连日来昼夜兼行，同志们都困乏了吧？但是我们还要凭着素来的勇气与精神，来做这一不可多得的工作，邵部第七团带许多军需品，要向八道江移防，他们必经这里，我们就在此地截击他。"

9月11日上午10时，在旱葱岭大道的东侧，敌军"如约而至"，进入了第一军预设的埋伏圈，只听杨靖宇一声枪响，战士们如同猛虎下山，转瞬间便将敌军分割包围，附近的农民自卫队也手持土枪、红缨枪、大刀前来参战，阻截逃散伪军。一时间，枪炮声、抗联战士"缴枪不杀！""中国人不打中国人！"的口号声、伪军及其眷属的惊叫哀号声响成一片，战斗仅半小时即胜利结束，伪军被击毙10人、伤15人，其余除"刘大绝户"和2个尖兵逃走外全部被俘，另俘获伪军家属12人，并缴获步枪30余支、子弹万余发、炮弹10余箱和一批冬季军服。战斗结束后，杨靖宇将部分枪支等战利品奖给农民自卫队。

这次战斗与以往有一点不同，这就是敌军中夹杂有不少妇孺眷属。对她们，战士们遵照杨靖宇的指示，严格执行人民军队的俘虏政策："有些机灵一点的伪军官家属起来后，马上拿出金镏、钱、表等东西要送给我们的战士，嘴里直喊：'老总饶命'。当然，全被战士们拒绝了，因为抗联是不搜俘虏腰包的。撤出阵地后，我们对这些俘虏家属照顾得很好，她们也逐渐打消顾虑。"连邵本良的眷属也深受感动，主动承认了自己的身份。杨靖宇指派部队中的女同志对她们进行宣传教育，向她们讲授抗日道理，几天后，所有被俘伪军及眷属都被照例发给路费释放。

值得一提的是，杨靖宇十分重视瓦解伪军工作，特别注意争取伪军眷属，通过她们影响伪军人员。为此，杨靖宇亲自与全体被俘伪军眷属谈话。1937年11月10日，中共驻共产国际代表团在巴黎创办的《救国时报》发表通栏标题《东北抗日联军第一军英勇战绩追述》一文，记载了谈话的内容：

军长:"各位女同胞们!你们不用害怕,你们的性命和你们的身体,我是绝对负责保护的。我们并不是土匪,乃是真正打日本鬼子的军队。"

各位妇女都说:"谢谢军长的好意!"

军长又说:"你们都是谁的家眷?"

妇女们答:"亲日派的家属。"

军长又问:"你们的男人,都做什么呀?"

妇女们答:"都当亲日走狗呢。"

军长问:"既然他们都是亲日走狗,你们也即是亲日走狗的老婆,该有多么羞耻呀?你们怎么不劝劝他们呢?"

军长又问:"你们知道我们是干吗的呀?"

妇女们答:"你们是人民革命军,真正打日本鬼子的军队。"

军长又问:"我们把你们放回去,你们能做些什么呀?"

妇女们答:"我们只有尽我们的力量来劝自己的丈夫,不要和你们真正打日本的军队来作对。可是,军长,当亲日兵的也是无法子呀!我们的话,说不上他们听不听呢!"

军长说:"一日夫妻百日恩,只要你们妇女有爱国天良,架不住你们天天躺在床上劝说呀!"

妇女们又说:"好了,军长,我们只有尽我们的能力就是了。现在我们看你们这样待我们好,又看你们辛辛苦苦的,吃的不好,穿的不好,去打日本鬼子,我们也是中国人,哪能不动心呀!"

军长又向邵本良的大老婆说:"你的男人就是真正的

走狗,对不对?"

她答:"对的。"

军长又问:"那么你回去后,对他怎么办呢?"

她答:"我是一妇道,说话他也不听,回去后,也只能用各种方法来劝解他,叫他不打你们就是了。"

旱葱岭一战,日伪军在人员和物资上都遭受了严重损失。1935年9月15日,《盛京时报》以《官匪大战金川》为题,报道了这次战斗,文中有"此役交战异常激烈……为剿匪以来未有之恶战"等语。更为重要的是,在事实面前,"杀人不眨眼的红胡子"等欺骗宣传彻底破产,令敌伪政治颜面扫地以尽,伪军军心更加动摇,他们深感杨靖宇人格高尚、人民革命军光明磊落。被俘伪军家属返回后,伪军中有人大惑不解:"杨司令真傻,得着了那一帮很漂亮的女人,怎么没留下一个当老婆呢?"此话立即遭到明了事理者的反驳:"杨司令不是猫三狗四的人,是真正的热心救国救民的英雄。为什么要人家的老婆呢?""杨司令肯定也有七情六欲,但他以抗日救国为天职,以模范军人相范,无私心杂念,真是一个正义的君子呀!"此后,一些伪军官兵甚至在日本指导官督战的情况下,也尽可能地对空射击打"朋友枪",或以其他方式为抗联部队提供方便,这样一来又使日军对伪军更加不信任,日伪间的矛盾摩擦加剧。

从三源浦到旱葱岭,邵本良屡战屡败、损兵折将,而且由于他这个"运输大队长"的"辛勤工作",杨靖宇部队获得了包括迫击炮在内的大量日本新式武器。日寇逐渐对邵本良的能力和"忠诚"也产生了怀疑,遂指使马某诬告邵本良在孤山子派人给杨靖宇送去

3000 发子弹，于 1935 年冬将邵本良逮捕入狱。

然而，1936 年元旦刚过，日本侵略者就将邵本良释放并恢复军职军衔，令其重返战场。春节刚过，邵本良又在东边道一带神气活现，他万万不会想到，人民革命军正酝酿着一场歼灭战。1936 年 2 月 26 日，奇袭热水河子战斗打响。王传圣详细记述了战斗经过：

> 1936 年 2 月，杨靖宇军长率领部队，从临江县一个叫西南岔的地方，秘密转移到通化县境内的水洞沟。到水洞沟住下后，就封锁了消息，只准往里进，不准往外出一个人。
>
> 两天后，王德裕同志（通化县城地下党负责人）从热水河子赶来军部，向杨军长报告了伪军第七团团部在热水河子驻防的情况，邵本良是这个团的团长，这个团也是邵的命根子。杨军长听了情况后，决心打掉第七团团部，活捉邵本良这条老狗。
>
> 关于热水河子伪军第七团团部的情况，有不少是我们抗联的一个内线提供的。这个内线姓刘，名字不知道，我们都叫他"刘大屁股"。他是邵本良的一个马夫，经过王德裕的大量思想教育工作，开始为我们提供情报。
>
> 杨军长下了决心后，立即召开了连以上干部会议。王德裕又在会议上详细介绍了伪七团在热水河子驻防的情况。原来，热水河子是通化至八道江中间的一个小镇。地理位置很重要，伪军在热水河子驻有一个迫击炮连、一个

重机枪连,这两个连驻在热水河子西头一个大院里,热水河子镇还驻有日本守备队三十多人、警察三十多人、自卫团二十多人、伪七团团部五十多人,总兵力约一个营。团部在镇中间,团部的对面是一个炮楼,里面有一个班。

介绍情况后,干部们进行了讨论。大家都认为不能强攻,要智取,采取偷袭的办法一定能成功。在大家讨论时,杨军长一言不发,待大家的意见基本讲完后,杨军长发言说:"我同意大家的想法。首先,我认为要抽二十个人组成手枪队,手枪队进去后先要解决团部对面岗楼里的敌人,这个手枪队由许团长带队。"许团长(许国有已由连长升团长)举手往后推推帽子,向杨军长说:"我一定把邵本良这个走狗抓来。"杨军长又接着说:"手枪队解决炮楼后,要跟进去一个机枪班,占领炮楼控制全街。解决炮楼后,敌人若还没有发现我们,就立即由手枪队解决团部。敌人若发现了我们,就强攻,团部是机关人员,没有什么战斗力,容易解决。在此同时派部队堵住街西头,不让那两个连过来。就是那两个连发现了我们,他们也不一定敢过来增援。要特别注意街东头的日本小鬼子,要派一个很有战斗力的排堵住。我们这次打击重点是邵本良的团部。"在干部会议上,杨军长还说:"现在是白天雪开化,晚上又冻了,在冰碴上走有响声,让战士都用麻袋片等把鞋包上,走路不能出响动。"最后杨军长又说:"就这样决定吧,军部随机枪班跟进,大队随后跟进,今晚十点集合出发。"

这天是2月26日。半夜十二点,队伍按时到达水洞沟,水洞沟在热水河子对面，处于浑江北岸。杨军长这时又叫王德裕同志立即去热水河子镇找内线老刘联系，决定过浑江的暗号和带路人等事项。王德裕走后，杨军长一个人在那想问题，一根接一根抽烟，我们知道这时不能去打搅他，他不叫，谁也不能到他跟前去。平时，杨军长是不抽烟的，现在他在仔细思考全部问题，想想还有什么漏洞需要向指挥员说清楚，不能马虎一点。直到见杨军长又说又笑了，说明事情考虑得很周到了。这也是杨军长的老习惯了。

这次行动，我军去了三百多人，为防止误会，每个人脖子上系条白手巾。十二点半，我们听到江南岸传出三下掌声，我们也拍三下掌声。对上暗号后，手枪队和军部一同过了江。到江南岸时见王德裕和老刘等在那里，当时见杨军长和他俩说了几句，又给老刘一些钱，具体数目没看清。接着杨军长对老刘说：“请你给带路，先摸炮楼，后摸团部，到了团部门口你就走你的。"手枪队在老刘的引导下，向热水河子镇中间的炮楼摸过去，阻击部队也分头出发了。手枪队是从西面靠近炮楼的，炮楼的门在东面，我们转过去没见站岗的哨兵，也可能因为冷，哨兵进炮楼了。在我们接近炮楼时，也多少有些响动，哨兵正要拉门出来，手枪队已推门进去了，手枪立即顶在哨兵的脑袋上，这个哨兵"妈呀"一声，退了一步正好坐在炕上睡觉的伪兵脑袋上，原来，在炮楼底层有一铺炕，一个班的伪军正睡在炕上。睡觉的伪军被这么一坐，就大骂：“你他妈的闹什么？"正在伪军不明真相没有起来时，手枪队进去的五个人举着枪一齐喊:"不许动,把手举起来!"顺利地把他们全部缴了械,机枪班紧跟着占领了炮楼,封锁了大街。

几乎同时,老刘又领着手枪队向伪团部摸去,一到伪团部门前,许团长一挥手,老刘就一溜烟地跑了。当时,那一带还没有电灯,伪团部点的煤油大吊灯通亮。手枪队的战士一脚将房门踢开,看见有三间房,在东间南北炕上睡了两炕伪军,有三十多人。说时迟,那时快,战士们齐声喊:"不许动,谁动就打死谁!"同时其他几个屋的伪军也被顺利地缴了械。

杨军长来到伪团部后,找来一个被俘的士兵问:"你们团长呢?"那个士兵说:"团长去通化城开军事讨伐会议还没回来。"又问他:"还有谁在家?"他说还有杨副团长在家,于是就找出一个伪军士兵,叫他带路去抓这个副团长。这个任务由教导一连一排的副排长领一个班去完成。

杨军长把这事刚说完,许团长就来向杨军长报告说,后院是团部办公室,敌人大部分住在这三间房的东屋里。许团长又说:"敌人枪不多,谁也不说话,这里面有问题。"杨军长问道:"刘副官抓到没?""还没有。""马上查出来,他不会跑得那么快。"杨军长指着我们警卫员又说:"去人找两个伪军士兵问一问。"我和另一个警卫员进到东屋,叫出两个士兵来,问他:"你们为什么没有枪?"伪军士兵说:"我们是手枪、匣枪,都放在枕头底下。"杨军长接着问:"你们那刘副官哪去了?"伪士兵胆怯地说:"他就在那屋里,你们去看看,谁的个头高谁就是。"伪士兵又说:

"有他在场，什么也不敢说，谁说什么，你们一走就得遭殃。"这伪士兵又战战兢兢地说："你们千万可别说是我说的呀。"杨军长一看那副可怜相，就安慰他说："我们绝不出卖朋友。"

我们知道这些情况后，立即进去，先叫被俘的伪军都站起来，命令他们把腰挺直。我们看来看去，只有一个大高个子，他还弓着腰，穿的士兵衣服一看就很不得体，我们问："你是干什么的？""伙夫。"我们上去一把抓住他说："你是刘大绝户刘副官吧！你出来。"我们把他拽到外屋，立即捆起来。我们又进东屋问伪军士兵，那些士兵异口同声说："就是他。"接着我们就搜枪，在搜时，那些俘虏兵说，你们不用找，我们全交出来。我们知道你们对俘虏不打不骂，优待俘虏。这样我们收缴了手枪、匣枪三十多支。有个士兵说："我这还有几发子弹。"另一个说："我脚底下还有一支匣枪，刘副官在这谁也不敢吱声，旱葱岭那次，他先跑了，我们回来反倒挨了三十军棍，这小子真坏。"还有一个士兵说："连这回我已交给你们三支枪了，不信你回去查一下枪号码。"我们问他："那你为什么还给日本人当兵呢？"他说："我们没办法，抓兵不来能行吗，家有老婆孩子，跑了也不行呀。"

正说话时，副排长带人把杨副团长抓回来了，这个伪副团长名叫杨凤武。副排长向杨军长汇报了经过说，我们赶到他家，进屋一看他没有了。我们摸一摸被窝，觉得还是热的，断定人跑的时间还不长，再一看后窗开着，我们也从后窗追出去，后院有几个草垛，我们仔细一看，一个草垛旁有团黑影，像个人，脑袋钻在草垛里，屁股露在外头，我们断定这就可能是那个伪副团长，我们一拥而上就把他缴了械。

杨靖宇军长对这个伪副团长进行了一番教育后，说："你要立功赎罪。"杨靖宇军长要求他马上给他的部队写信，命令他们缴枪投降，叫他们不要给日本人当走狗，屠杀自己的同胞，当汉奸是没有好下场的。杨凤武马上说："一定照办。"他随即开始写信。

这时，街上可热闹了。原来街东头的敌人弄不清团部发生了什么事情，派来一帮巡逻队问："你们那边怎么回事？喊什么？"我们说："没有事，误会了，你们过来吧。"他们过来就被我军缴了械。一帮过来了不回去，就又进来一帮，我们一连抓了三批巡逻队员。这时，街东头的敌人才发觉情况不妙，开始射击，双方展开了枪战，中心炮楼我军机枪也开始向敌人扫射。

被俘的伪副团长杨凤武把信写好后，找了一个伪士兵把他送到西街两个连。重机枪连连长同意把队伍拉出来，迫击炮连连长不肯投降，还架起迫击炮开炮。这时天快亮了，杨军长下达命令，队伍立即撤出热水河子镇。在撤出时，又动员群众和俘虏运出大批物资和粮食。这次战斗，俘虏了伪副团长、副官、福岳利藏（日满殖产会社的一个经理）、伪税务局局长、伪商会会长及伪军警七八十人，缴获武器有长短枪八十多支、马克沁轻机枪一挺、望远镜三架、军刀五把。特别是没收日满殖产会社的布匹、鞋等许多物资，补充了我军的需要。

（王传圣：《抗联一军痛歼汉奸邵本良》，宋晓宏、高峰、傅伟编著：《永久的丰碑——杨靖宇将军资料汇编》，吉林文史出版社2005年版，第269—272页。）

战斗结束后，杨靖宇率部队返回水洞沟，在那里对被俘敌伪人员教育后发给路费释放，对有"二邵本良"之称的铁杆汉奸"刘大绝户"，则按照战士和被俘伪军警的一致意见，予以公审处决，并张贴传单布告，公布"刘大绝户"卖国求荣、屠杀人民、欺压伪军士兵的十大罪状。杨凤武经教育后参加人民革命军，因他是知识分子，被杨靖宇安排在后方印刷处工作，进步很快，后在临江西南岔一次战斗中为抢救负伤战士而牺牲。

人民革命军奇袭热水河子、处决刘大绝户，令民心大快、敌伪胆寒。据当地群众传说，当邵本良见到"刘大绝户"的尸体和"汉奸走狗绝没有好下场，邵本良老狗也该如此"的标语时，气得一头栽下马来，原定令伪军士兵出钱为"刘大绝户"发丧的计划，也因伪军士兵暗中抵制而不了了之。

黑石头、旱葱岭、热水河子，杨靖宇率领指挥部队接连三战三捷，邵部伪军损兵折将、丢盔弃甲，元气大伤。热水河子战斗后，杨靖宇以寻找有利地形和战机为目标，以"敌疲我打"为目的，在桓仁、兴京（新宾）、宽甸一线长途奔袭。为此，杨靖宇提醒告诫战士们："还要牵着邵本良这条老狗走，领他们爬大山、走小路，看他有什么办法对付我们"，并诙谐地说，"邵本良能不能跟上来？"邵本良伪军和日军果然中计，他们穷追不舍，逐渐疲惫不堪。为进一步诱敌深入，杨靖宇又于1936年4月下旬指示部队不断丢弃破烂衣物家什。这时，战士们见敌人总在后面尾追，士气正旺，他们主张立即动手。杨靖宇听后哈哈大笑："怎么？着急了？着急可吃不着热豆腐啊！咱们累，敌人像狗熊一样更难受，我们领他们转，叫他肥的拖瘦了，瘦的走不动了，早晚要和他算总账。"行军期间，杨靖宇曾率部在兴京大脑子沟与敌交战，将桓仁县马圈子伪自卫团全部缴械，还用步枪打下一架低空侦察的敌机。杨靖宇率领部队行进到老秃顶子下的孟子街时，日本飞机就对孟子街周围进行猛烈轰炸，杨靖宇看到附近的房子着了火，立即命令战士给老百姓救火，当地群众感动得热泪盈眶。

整整一个月，杨靖宇率部横跨六个县两千余里，终于在1936年4月30日，以本溪梨树甸子伏击战的胜利，为这次行军画上了圆满的句号。此前，杨靖宇率领的军部直属部队已在宽甸双山子附近与第一军第一师师部和少年营会合，总人数达五百余人，并有轻重机枪十余挺，还收到当地群众密报敌情的鸡毛信："速向北方转移，后边追击兵力相当大，南边宽甸方面有重兵堵截，要把你们赶到安奉（丹沈）线附近围歼你们，安奉线一带今已驻有重兵，唯独北面没有敌人阻击。"杨靖宇接信后即派侦查队核实敌情，确证无误后，率部向北方老和尚帽子山区转移，途经梨树甸子时，见两条大山夹一条东西走向的大沟，地势非常险要，是一个打伏击的理想地方。杨靖宇和几位首长研究后，决定在此布成一个口袋阵，敌人进来就打他个伏击，敌人不来就防空。当时杨靖宇作了部署：一师六团埋伏在沟里，处在口袋底的位置；一师三团埋伏在沟口，等敌人进来扎口袋；军部教导一团及一师少年营、一师警卫连和军部重机枪连在中间埋伏；军的指挥部设在中间的一座小山头上。

4月30日早饭后，部队集合行军至梨树甸子，进行短时战备休整。下午1时，邵本良伪军进入埋伏圈之际，军指挥所重机枪一响，各阵地上的同志们一齐向敌群开火。与此同时一师三团马上把口袋嘴扎上。邵本良带着伪军被突然一击，立即乱了套，一些伪军拼命往沟里冲，他们认为我们还是放头打尾呢。这回伪军可打错了算盘，当他们往沟里冲时，迎头被一师六团的机枪给打回来。敌人扭头又向沟外冲，又被一师三团的机枪给打回来。军部所属教导一团及一师的少年营拦腰把敌人切成几段。当时阵地上的枪声，"缴枪不杀""优待俘虏"的喊声震撼山谷，敌人几次反扑都被打了回去。

一阵机枪扫射后，战士们以猛虎下山之势冲入敌阵，战斗转为白刃格斗，至下午6时，战斗及打扫战场工作全部结束，部队转移至三道沟宿营。在《第一军关于几个战斗情况》的报告中，记载了战斗经过：

> 他们跟我们一个月零一天到本溪县梨树甸子，军部与第一师会合，我们的力量超过敌人一倍，并有多量的重火力，于是计划打击邵本良。地势对我是很有利的，两边是山，中间是道，敌人来必须经过此路。我军埋伏于两山，轻重机枪四面八方地架着，邵的马队走入伏兵线内，四面一齐射击。敌人向南山坡抢。当时十数架轻重机枪向南山坡集中火力，结果把敌人打得落花流水，人马死得满山坡，状极悲惨。搜查阵地结果，敌人共死100多人。

这次战斗，伪军伤亡惨重，邵本良本人脚部负伤，从路边民房抢得便衣一套，化装逃走，日本指导官英俊志雄大佐钻入尸堆，脸涂污血装死，方逃过一劫。第一军缴获1门3号迫击炮、1部无线电台、枪械200余支，另有弹药大批、望远镜4架、军刀5把和军用信鸽等。英俊志雄的枪支、军刀、望远镜均在其中。战斗结束后，杨靖宇派人将电台送往桓仁老营沟石碇子中隐藏。

梨树甸子战斗轰动整个伪奉天省，南满敌伪军为之震惊，相互告诫不要重蹈邵本良覆辙，为给奴才打气、替走狗壮胆，日军从沈阳调集千余兵力和一个重炮营赶往梨树甸子一带，但此时杨靖宇早已率部转移，日军在当地折腾一星期后，以一无所获的"战绩"，灰溜溜地收了场。无可奈何之下，敌伪只得于5月以伪第一军管区司令官于琛澂名义发布"悬赏通缉令"，并于6月10日在伪《大同报》发表。

经过三个月的休养，邵本良伤愈出院，日寇认为其尚有利用价值，于是升任其为日满混成警备旅旅长，并主持"鸭绿江地区警备司令部"工作，同时补给八挺轻机枪、三个月军饷和全旅每人一套夏服，经此"激励"，邵本良又耀武扬威起来，返回通化后，他纠集残部、招募新兵，准备于8月4日移防八道江镇走马上任。然而，这次等待他的是彻底灭亡。

邵本良及其伪军部队的一举一动，通过内线老刘和通化地下党负责人王德裕，迅速传到杨靖宇那里。在听取王德裕的汇报后，杨靖宇与家住当地的战士一起，认真研究了这一带的地形。杨靖宇认为，在五道江岭上可以守株待兔，但容易暴露。如果卡紧了，邵本良就缩到四道江不出来，既伤不了他的筋，又动不了他的骨。只有四道江一出村，不到三里地的江边大弯子是去五道江的必经之地，而且两侧是农田，江湾一片树林，遂选定此处为伏击阵地，并召集了连以上干部会议和全体干部战士大会，进行战前动员。

8月3日晚8时，杨靖宇亲自率领部队秘密来到四道江至五道江的中间地带，在大湾子布置了埋伏。公路南边是大片开阔地，再往南是浑江。冲锋队埋伏在路北的蒿子地里，其他战士有的埋伏在河沟的拐弯处，有的埋伏在黄瓜地里。杨靖宇的军指挥部设在路北的小山头上，小山顶上没有大树，只有几棵小柞树和高蒿子，指挥部的人员只好趴在蒿草中。观察人员临时挖了一个小坑，周围插上一些柞树棵子伪装起来。这一切都在天亮前全部准备就绪。尽管在军指挥部不远处的山脚下住有几户人家，但谁也没有发现杨靖宇他们。

4日上午10时，邵本良伪军进入埋伏圈，杨靖宇本想放过尖兵，截击运送军用物资的大车队，不料邵本良的一个马弁见到路旁地里的黄瓜，跑来摘取，发现了埋伏的第一军战士，大声喊叫，于是战斗提前打响。此役中，日军大佐英俊志雄、大尉樱井知行被击毙，另毙伤俘敌50余人，缴获全部8辆大车的军用物资，而第一军只有两名战士负伤。

在这次战斗中，邵本良弃马而逃。不久后，做着"卷土重来"美梦的邵本良，终于在回头沟白刃战中全军覆没。他本人受伤逃回后，也因屡战屡败而彻底失去了日本主子的信任，被软禁在奉天陆军医院，一面治疗一面受审，于1937年上半年一命呜呼。关于邵本良的死因，一说是被日本宪兵队山下大佐令医生毒死，另一说系因郁闷窝火导致枪伤恶化转为疗毒不治而亡。

南满大汉奸邵本良与人民为敌数年，血债累累，最终在杨靖宇和抗联战士们的铁拳下身死军覆。一时间，捷报飞传城乡，人民兴高采烈。当时的中共驻共产国际代表团在巴黎创办的《救国时报》曾编发大量消息和通讯，向全世界宣传杨靖宇领导东北人民抗日斗争的光辉战绩。

率部西征

东北抗日联军第一路军成立前后，杨靖宇将全部精力投入到西征的筹划中。这是一次具有重大政治意义的军事行动，是在1935年至1936年的国际、国内形势之下，杨靖宇和东北抗日联军的必然选择。

杨靖宇亲自部署西征任务，并指定第一军第一师主力进行西征。第一军第一师是一支由杨靖宇、李红光领导，以磐石游击队为基础建立起来的部队，政治军事素质俱优，战斗力极强，当时又正在兴京、本溪一带活动，距关内最近，最适于承担西征任务。参加西征的部队四百余人，包括师部、保卫连、三团、少年营等。由师长程斌、政治部主任宋铁岩、参谋长李敏焕率领。杨靖宇本人则率第一军军部及直属部队由本溪返回宽甸、辑安一带活动，以吸引敌军并掩护西征部队。

西征部队从本溪县蒲石河（今属凤城）出发，经历千难万险，最远曾深入海城、营口境内。但因敌人急速调动兵力堵截，西征部队停止前进，分路返回。在返回途中，一师一部在本溪与辽阳交界的摩天岭一带与日伪军遭遇，伏歼日军一个中队，取得摩天岭大捷

（1936年6月，东北抗日联军第一军，为打通与关内红军的联系，开辟新的抗日游击区，由军政治部主任宋铁岩率第一师警卫连、少年营和第四团共400余人，从辽宁省凤城县山区出发，向热河西征。当越过摩天岭到达辽阳附近时，被日军发现。西征部队为摆脱敌人，兵分3路进行活动。7月15日，师司令部及警卫连共80余人，由师参谋长李敏焕率领回师摩天岭，将部队埋伏在山口两侧。中午，日军驻连山关守备队第2中队40多人，出动"追剿"，进入伏击圈内准备吃饭。伏击部队突然开火，首先击毙登高瞭望的中队长今田，紧接着就冲向日军，将其全部歼灭。下午，伏击部队又与日军后续部队激战数小时，歼敌数十人，其余日军黄昏时撤走。这次战斗，共歼日军80余人，缴获轻机枪5挺，步枪数十支及大量子弹）。

时隔不久，杨靖宇来到本溪听取了一师的西征汇报，认为此次西征虽未能沟通与党中央和关内抗日武装的联系，但扩大了抗联的政治影响，锻炼了干部和战士，尤其是摩天岭大捷打出了一师的军威，于是，杨靖宇兴奋地创作了一首《西征胜利歌》：

红旗招展，枪刀闪烁，我军向西征；
大军浩荡，人人英勇，日匪心胆惊。
纪律严明，到处宣传，群众俱欢迎，
创造新区，号召人民，为祖国战争！
中国红军，已到热河，眼看到奉天，
西征大军，夹攻日匪，赶快来会面。
日匪国内，党派横争，革命风潮涌，
对美对俄，四面楚歌，日匪死不远！

紧握枪刀，向前猛进，同志齐踊跃，
歼灭日匪，今田全队，我军战斗好。
摩天高岭，一场大战，惊碎敌人胆，
盔甲枪弹，胜利缴获，齐奏凯歌还！
同志快来，高高举起，胜利的红旗，
拼着热血，势必打倒，日本帝国主义。
铁骑纵横，满洲境内，已有十大军，
万众蜂起，勇敢杀敌，祖国收复矣！

组建抗联

1936年7月初，由杨靖宇主持召开的中国共产党南满第二次代表大会上，根据中共中央"八一"宣言和汤原会议发表的《东北抗日联军统一军队建制宣言》精神，决定将东北人民革命军第一军改编为东北抗日联军第一军，杨靖宇任军长兼政治委员。就在此时，东北抗联第二军政治委员魏拯民（1909—1941，山西省屯留县路村乡王村人。原名关有维，东北抗日联军杰出领导人之一，为了革命斗争的需要，他曾经用过10个化名，魏拯民就是他奔赴东北抗日前线以后一直用的化名。16岁那年，在外祖父的资助下，魏拯民跋山涉水徒步来到太原，考入了山西省立第一中学，并结识了中国共产党的早期领导人彭真。在彭真同志的引领下，他毅然走上了革命道路。"九·一八"事变后，他受党的指派来到东北组织抗战工作。从1932年4月奔赴东北到壮烈牺牲，长达9年的时间，魏拯民一直战斗在长白山麓。他率领抗联将士，在辽阔的东北大地上武装抗击日本侵略者，谱写了一曲曲高昂激越、感天动地的撼人悲歌，是一位文武双全的抗日民族英雄。1941年3月8日，魏拯民因叛徒告密，日、伪军100人包围桦甸县四道沟抗联密营。重病之中的魏拯民率11名抗联战士奋起反击，终因寡不敌众，在与敌作战中壮烈牺牲）率小部队风餐露宿，经长途跋涉来到河里地区。

几天后，杨靖宇和魏拯民共同组织主持召开了东满、南满两地的党和军队高级干部会议（即"河里会议"，亦称"南满东满特委第1、第2军干部会议"。中共南满组织于1936年6月在辽宁金川河里，今属吉林，召开的第二次党代表大会，建立了中共南满省委，领导南满地区的抗日游击战争）。会上，魏拯民传达了共产国际"七大"精神和中共驻共产国际代表团关于撤销中共满洲省委，按四大游击区组成东满、南满、北满和吉东四个党委和组建东北抗日联军三个方面军的指示。会议决定成立东北抗日联军第一路军，杨靖宇任总司令兼政治委员，王德泰（1907—1936，辽宁大石桥人。出生于贫苦农民家庭。1931年"九・一八"事变后，毅然投身抗日斗争洪流。同年秋，参加当地的"秋收斗争"，被选为延吉县反帝同盟组织部部长。不久，加入中国共产党。1932年，参加延吉抗日游击队，先后任游击队小队长、中队长、大队参谋长等职务，成为延吉游击队的主要创始人和领导人之一。1933年参与指挥游击队作战50余次，重创敌军，延吉游击队也在战斗中发展到300余人，并开辟了五隅沟、石人沟、三道湾等抗日游击根据地。1933年6月被选为中共东满特委委员，任军事部长。1934年3月，参与组建东北人民革命军第二军独立师，任师政委。同年6月，又被选为中共东满特委临时执行委员会委员。此后，他即与特委和独立师的其他领导人一起,开展大规模的游击战争,在延吉、安图、汪清、敦化等地开辟了新的游击区。1935年3月下旬,东北人民革命军第二军独立师进行整编,改任师长。1935年5月30日,东北人民革命军第二军独立师扩编为东北人民革命军第二军,升任军长,所辖4个团,总兵力达1200余人。1936年3月,东北人民革命军第二军改编为东北抗日联军第二军,继任军长,率部队主力向安图、敦化方向活动。1936年6月,抗联第一、二军合编为东北抗日联军第一路军,任第一路军副总司令兼第二军长。同时,被选为中共南满省委委员。他在指挥作战时不仅足智多谋,而且军事技术好,步枪、手枪、机枪都打得很准,一向身先士卒,勇猛顽强。1936年11月初,在临江、抚松交界的大阳岔把两连伪军包围,迫使敌人投降。尔后,率领抗联第二军第四师第一团、第二团三连和第六师一部,到抚松、临江边界的小汤河村召开二军干部会议,研究确定新的战斗部署。11月7日早7时,遭到600余敌人的袭击,他带领四师与六师的部分战士与敌激战。下午3时,在追歼逃敌时,不幸中弹牺牲)任副总司令。会议根据东满、南满抗日斗争实际情况,决定将东满、南满党组织合并组成中共南满省委,魏拯民任省委书记。

中共南满省委的建立和东北抗联第一路军的组成,使东、南满地区的抗日武装斗争连成一体,结束了一军、二军各自为战、孤军奋战的被动局面,极大地鼓舞了广大民众抗日救国的信心和热情。

1938年6月1日,老岭高干会议(1938年5月11日,魏拯民率领二军军部和伊俊山率领的抗联五军南满远征旅与在集安老岭山区五道沟里的杨靖宇领导的抗联一军胜利会师,并从会师这天起召开了中共南满省委和抗联一路军高级干部会议，即著名的老岭高干会议。出席会议的有总司令杨靖宇、第二军政委魏拯民、省委秘书韩仁和、第一军参谋长杨俊恒、省委青年干事长孙永浩（即刘明山）、第二军独立旅政委伊俊山、桓仁县委书记第一师政治部主任陈秀明（即李明山）、警卫旅三团政委李东学、第二军第四师政治部副主任兼二团政委吕伯岐、第一军第二师第七团政委刘永茂、第二师第八团政委赵成才、第一军第二教导团团长兼政委李兴绍、第一军军医处处长徐哲、第一军第二师政治部组织科长宋茂璇等15余人。会上，讨论了全国和东北南满的敌我斗争形势，研究和交流了游击战争的策略和经验，提出了"在坚持对日本帝国主义游击战中，保存实力，粉碎敌人的全面进攻"的策略方针。关于游击活动的方向问题，杨靖宇提出了应该与关内八路军取得联系，同时和东北各抗日部队相配合、共同作战。为了打通与关内八路军和党中央的联系，准备再次西征。决定从抗联一军一、二师抽调兵力补充三师，由三师先行西进，然后一、二师再相继进行西征，抗联二军四、六师在通化地区开展游击活动，五师仍在绥宁一带活动，并负责与吉东、北满抗联各军联络任务。还补选了魏拯民为抗联一路军副总司令。会后部队在五道沟、东岔、摇钱树岭、刀尖岭一带密营中学习、整顿，战斗力大大增加，连续在家什房子、阳岔、土口子、东岗等地打了几次大胜仗，沉重打击了日伪反动势力，极大地鼓舞了抗日军民的战斗热情，集安地区的抗日斗争出现了前所未有的大好形势，结束后，正式成立了第一路军总司令部。当晚，杨靖宇豪情万丈，在集安五道沟密营提笔创作了著名的《东北抗日联军第一路军军歌》。歌词如下：

我们是东北抗日联合军,创造出联合军的第一路军。
乒乓的冲锋陷阵缴械声,那就是革命胜利的铁证。
正确的革命信条应遵守,官兵和士兵待遇都是平等;
铁一般的军纪风纪都要服从,锻炼成无敌的革命铁军。
一切的抗日民众快奋起,中韩人民团结紧;
夺回来丢失的我国土,结束牛马亡国奴的生活。
英勇的同志们前进吧,打出去日本强盗,推翻"满洲国"。
进行民族革命正义的战争,完成那民族解放运动。
高悬在我们的天空中,普照着胜利军旗的红光。
冲锋呀,我们的第一路军!冲锋呀,我们的第一路军!

杨靖宇把歌词写好后,交由军部秘书长韩仁和谱了曲。刚开始时,杨靖宇亲自向部队教唱这首歌。很快这首军歌便在抗联队伍中传唱开来。

第六章　运筹帷幄善用兵 化险为夷巧周旋

东北抗联第一路军在杨靖宇指挥下纵横吉辽两省，驰骋三十余县，同凶残的日本侵略军进行殊死搏斗，严重威胁着伪满洲国的傀儡统治，扰乱了日本全面侵华战争的战略部署，牵制日军几十万兵力，推动了全民族的抗战进程。然而，日本帝国主义不甘心战场上失败，除加紧部署实施军事围剿外，在政治上、经济上、思想上采用极其狠毒、残酷的办法，进而铲除东北的抗日武装。另外，杨靖宇部下程斌等人的叛变投敌，使东北抗联第一路军的处境更是雪上加霜。尽管如此，杨靖宇依然沉着应对，率领抗联将士克难攻坚、英勇拼杀！正所谓：运筹帷幄善用兵，化险为夷巧周旋。

处境艰难

为了彻底分割抗联与人民群众的血肉联系，断绝人民群众对抗联的物资支援，日伪当局实行"匪民分离"政策，将分散居住在野外的村民房屋烧毁，将百姓强行迁移至筑有严密防范设施的大屯子——集团部落中居住。凡不愿迁移的村民及财产均被杀光、抢光、烧光。

集团部落四周设有铁丝网，网内建围墙，东西南北四角建炮楼，出入大门设岗，部落内驻有日伪军，配有警防队和自卫团。集团部落规模多为30户、50户，大者百余户。村民出入要挂号，种地不准离部落太远，禁止种植可供直接食用的土豆、玉米和豆类。这样，抗联基本上断绝了与群众的联系，生存、斗争陷入极其困难的境地。

1933年12月22日，日伪当局公布《暂行保甲法》。该法规定：居民以10户为一牌，一村为一甲，一个警察管辖区内的甲为一保。牌设牌长、甲设甲长。如某一牌出现"扰乱治安"等犯罪人，牌内各户都连坐有罪，课以"连坐金"，重者将被判刑和杀头。有"通匪者"将全家枭首示众并株连邻里。

为强化法西斯专制，便于分辨"匪、民"，各县都成立了"指纹班""特搜班"。凡集团部落居民都经严格审查后，发放"居民证"。凡8—55岁的城乡居民都被强制按取手印指纹。"特搜班"在搜查"居民证"时要核对该人指纹，如有不符者，即当作嫌疑犯扣押或处决。

为防止农民在庄稼成熟、收割时将粮食送给抗联，日伪当局强迫农民提前收割农作物，不惜动用大批军、警、自卫团监督农民。

无论庄稼是否成熟，一律按指定日期集体收割、集体打场，严禁个人单独收割。农民收割的粮食一律集中搬运到指定地点存放，并派军警看守，严禁粮食外流。

上述敌人实施的种种政策、法规、措施使东北人民的生活陷入极度贫苦之中，更使杨靖宇的抗联第一路军将士陷入孤立无援的艰难境地。

程斌叛变

程斌是杨靖宇最信任的得力助手。他从小跟随杨靖宇，打了不少漂亮仗，杨靖宇打心底里喜欢程斌。程斌对杨靖宇不仅非常熟悉，而且了解得特别细、特别深，常常凭猜测就能知道杨靖宇的大致去向。

1937年12月21日，抗联一军军需部长兼一师政治部主任胡国臣被俘，在敌人威逼利诱下叛变投敌。1938年2月11日，抗联一军政治部主任安光勋在对敌作战中负伤，在疗伤中被敌抓获，因贪生怕死而叛变。胡、安二人向敌人献媚进言，要想打败甚至消灭杨靖宇所率东北抗联第一路军，必先除掉一军的一师。

1938年5月，胡国臣及沙山伍长率人抓到抗联一军一师师长程斌的母亲及兄程恩，将二人带到本溪县碱厂街作为人质。时值一师西征失利后返回桓仁、宽甸一带活动。因与军部失去联系已很长时间，一师处境非常困难，经常断粮，不得不以野菜为食。就在此时，程斌得到母亲和哥哥被扣押作为人质的消息后，决定投降。

1938年6月29日，程斌的师部和保安连被敌人发现并包围。

敌我兵力为三比一，但保安连从人员到装备都是一师的精锐，弹药也充足。坚持到晚上，瞅准机会，猛打猛冲，钻进林子就没影了。对于程斌，这种仗并不难打。不料，敌人抓了程斌的母亲和哥哥，两次派他哥哥程恩上山劝降。据说第一次程斌意志倒还坚定，毫不犹豫地说自古忠孝不能两全云云。第二次程恩劈头就问："你到底是要抗日，还是要妈？"程斌这回挺痛快："要妈！"当天，被程斌裹挟下山投降的是60人。随后，程斌又派人上山通知一师其他部队投降，3团、6团又有部分人员下山。总计投降了115人，携平射炮1门、机枪5挺、自动步枪2支、步枪82支、手枪72支、子弹6000余发。

程斌投降后的当天，关于对他们的处理，敌人内部支持"全部枪毙，悬首示众"意见的人很多，这也是当时经常采用的处理方法。但是，最终关东军参谋神崎和敌通化警务厅长岸谷隆一郎的意见占了上风，他们召集相关的警备科长富森熊次郎，警备股长鹈池等在通化市内的日本餐厅"菊水"吃饭，在餐桌上确定了将这批抗联叛徒全部归入警务厅使用的协议。当晚，程斌等人住在通化南门外的师范学校，第二天在警务厅举办了一个盛大的仪式接纳这些抗联叛徒，岸谷隆一郎当场将自己的军刀赠送给程斌。随后，编成"程斌警察大队"成为日军最凶恶的鹰犬之一。

程斌的叛变，使东南满地区的抗日武装斗争面临异常严峻的局面，为避免遭受更大损失，杨靖宇及时制定了应急措施，重新作出军事部署，他主持召开了中共南满省委和东北抗联第一路军高级干部会议，即第二次老岭会议。会议决定：一，改组南满省委。实行战时体制，在第一路军总司令部内设置南满省委代行机构，实行党军一体化；二，为免遭到敌人破坏和镇压，撤销地方党组织及抗日外围团体，地方干部转入部队，参加抗日武装斗争；三，撤销抗联第一军、第二军番号，改设3个方面军，一个警卫旅。

铁血少年

程斌叛变投敌后，杨靖宇迅即采取实施的一项重大举措就是在东北抗联第一路军中重新组建成立少年铁血队。

东北抗联部队中少年铁血队的前身是东北抗联少年铁血营，这个建制源于当年江西根据地的"少共国际师"。少共国际师，另外译为"青年共产国际"，是根据列宁的倡议，于1919年11月在德国柏林秘密成立，归第三国际领导，后来在苏联、法国、德国、捷克、匈牙利等56个国家都有支部。中国共产主义青年团成立后，也加入其中，中国共青团中央（当时第三国际的通行称呼是中国"少共局"）在红军中组建了"少共国际师"中国支部。少共国际师中国支部，是1933年8月5日在江西省博生县成立的红军队伍，但这支部队两年后被改编为红一军团第15师。虽然成立时间不长，但它为以后的我军培养和输送了一大批优秀将领和军事指挥员，其中比较著名的有胡耀邦、陈光、肖华、彭绍辉、袁佩爵等人。

在少共国际师中国支部建立的同时，1933年9月，共产国际、中国共青团中央（少共局）和共青团满洲省委联合发布了一个文件，提出在东北人民革命军第一军独立师中创建"少共国际师"的建议和要求。杨靖宇根据南满抗日战场的实际，决定在独立师中设立少共国际师队伍。不过这支队伍成立后用了另一个名字："铁血少年营"。当年10月底,东北人民革命军第一军独立师到辉发江南开辟新游击区。出发前,独立师的主要领导师长兼政委杨靖宇、参谋长李红光和政治部主任宋铁岩等人专门来到少年营作了报告与动员,并传达了将少年营留在磐石保卫磐石根据地的任务。"铁血少年营"取得的第一次战斗的胜利,是桦甸市的里面沟战役。10月30日,一团和少年铁血营在磐石红石砬山附近遭到了日军的袭击。甩掉敌人后,少年营在伊通县营城子、桦甸市的里面沟与独立师一团击毙日伪军10人,俘虏日伪军10人,缴枪38支,牲口20匹。然后,转进磐北,配合一团参加磐北游击战。1936年6月,在河里会议上,东北人民革命军第一军改编为东北抗联第一军,下辖三个师,其中第一、二两师都建立了少年营,直属师部领导。这支英雄的少年队伍以敢打敢拼而著名,在军内外甚至敌伪军中都小有名气,是抗联一军能打硬仗的传统部队,其中一师的少年营还是抗联史上著名的西征行动的先头部队。

1938年6月底7月初,东北抗联第一军一师师长程斌胁迫部队叛变,在一师的少年营也随之解散。

1938年8月,杨靖宇在辑安县蚂蚁河上游的六道阳岔重新组建成立了一支少年队伍。由原先的"铁血少年营"更名为"少年铁血队",直属军部领导。这支少年铁血队不仅人数少,而且年龄偏小,最大的18岁,最小的只有13岁。他们当中有随父母参加抗联的孩子,有被解放劳工中的童工,有抗日根据地的儿童团员,还有父母被日伪军杀害后只身投奔抗联的孤儿。这些小战士虽然年纪小,却都满怀着对日本帝国主义的刻骨仇恨,决心抗日到底、光复祖国、解放家园。

杨靖宇十分重视少年铁血队的成长，从心里把他们当成抗日联军的未来、革命胜利的希望。为带好这支队伍，杨靖宇特将自己的贴身警卫员王传圣派到少年铁血队当指导员，选配司令部潘秘书长的警卫员高玉信任少年铁血队队长。

东北抗联第一路军在长岗战斗中缴获了敌人一大批武器装备，杨靖宇决定将这些战利品全部用来武装少年铁血队的这群"娃娃兵"。于是，50多名斗志昂扬的小战士齐聚辑安（集安）县蚂蚁河上游的六道阳岔，每人分得一支马枪、一把刺刀、一条皮带、一个水壶，还有背包和粮袋。"娃娃兵"们欢呼雀跃，别提多高兴了，因为他们终于可以扛起枪上战场了。后来，少年铁血队在杨靖宇的亲自带领和精心培育下，经受住了一次又一次抗日烽火的锻炼和考验，在很短的时间内就成长为抗联第一路军总部的主力部队之一，成了一支真正的铁血队伍。

激战长岗

长岗战斗是一场发生在1938年（民国二十七年）8月的战役。在抗日战争中，杨靖宇指挥率领的东北抗日联军第一路军在辅安县境内（今吉林省集安县）对伪军进行的战斗。

1938年6月，伪军少将旅长索景清率部到处搜寻东北抗日联军踪迹。7月底，索景清发现抗日联军第一路军一部正向辽宁省临江（今浑江）、通化（今均属吉林省）方向转移，遂率该旅骑兵第42团、步兵第32团残部共300余人进行追击。8月2日，东北抗日联军第一路军总司令杨靖宇率警卫旅和第一方面军一部共400

余人到达辑安（今集安）县八宝沟时，发觉了追击的伪军。根据群众和部队指战员的要求，决心以伏击手段消灭这支伪军，遂命部队在长岗公路两侧设伏，以一个连占领公路南侧一个制高点，断绝伪军退路。下午三时许，伪军索旅全部进入伏击圈，在杨靖宇指挥下，警卫旅和第一方面军以猛烈火力向伪军射击，接着发起冲击，仅几十分钟就全歼了公路上的伪军；但是，由于占领制高点的连队求功心切也下山捉俘虏，致使制高点被残余伪军抢占，掩护索景清少数伪军逃跑。第一方面军为全歼伪军残部，冲击数次均未成功。

夜幕已经降临，夺回制高点的战斗仍在继续。第三师参谋长杨俊恒（1910—1938，出生于吉林东北部山区的一个农民家庭。1933年，苏剑飞、杨俊恒在柳河县与共产党人王仁斋领导的海龙游击队会师。同年9月，部队改编为东北人民革命军独立师南满第一游击大队，杨俊恒任第一中队长，并加入中国共产党。1935年春，苏剑飞牺牲，杨俊恒继任大队长。他率领南满游击队继续活跃在摇江、金川、抚松一带，配合革命军主力开展游击战。不久，南满第一游击大队与军部会合，杨靖宇决定将南满第一游击大队改编为东北人民革命军第一军第二教导团，杨俊恒任团长。同年秋，参加第一、二军那尔轰会师后，杨俊恒率部南下新宾、清原等地，开辟新的游击区。1936年7月，东北人民革命军改编为东北抗日联军第一军，杨俊恒被任命为第三师参谋长。1936年11月下旬，杨俊恒同三师领导奉命组成四百余人的骑兵部队进行第二次西征。西征途中，杨俊恒身先士卒，英勇作战，为了部队的安全，每到一地，他总是不辞辛劳亲自查看地形、岗哨。由于杨俊恒与杨靖宇容貌相似，又同姓，许多人甚至连敌人也误把他当成了杨靖宇）心急如焚，他身先士卒，奋不顾身地率领突击战士冒着敌人的枪弹，向山上冲去。当攻到制高点下面的一个洼地时，敌人扔来三颗手榴弹，他抬脚踢飞了两颗，但最后一颗却炸响了，杨俊恒不幸壮烈牺牲，年仅28岁。战斗胜利结束了，可是一位年轻的抗日将领却倒下了。杨靖宇悲痛地说："纵然杀死一百个敌人，一千个敌人，也抵偿不了一个优秀共产党员的生命。为了给杨参谋长报仇，为了给受难的同胞雪恨，要军民团结，齐心合力，把日本强盗从中国领土赶出去！"

长岗激战中，抗日联军击毙日本指导官高岗武治和西田重隆，共击毙伪军60余人，俘虏日伪军100余人，缴获轻机枪8挺、步枪、手枪160余支。号称"满洲剿匪之花"的索旅遭到毁灭性重创。

岔沟突围

此次战斗发生在白山和江源之间。从江源到白山去，必须穿过一个上甸子隧道，这里就是抗联军史上著名的岔沟突围战役的主战场。

杨靖宇率领部队从集安出发，敌人一直在紧紧围追堵截。那数十里上百里的江岸上的桥梁都被敌人拆毁了，渡口也都停摆了，拦住抗联一路军南下河里根据地的去路。

1938年10月17日，为了突破敌人的浑江防线，杨靖宇指挥部队涉水渡江。上岸后，战士们的衣服都结了冰，冻得手脚僵硬。杨靖宇命令部队不准休息，跑步前进，领着大伙儿一口气跑出去十多里地，等大家慢慢缓过劲儿来后，杨靖宇向大家幽默风趣地说道："怎么样，长途行军的疲劳，都让这个冷水澡洗得一干二净了吧？

应该给这条江记上一功！"一番话强烈地鼓舞着战士们的战斗豪情，大家把连续作战的苦和累都抛到九霄云外，穿着湿漉漉的衣裳迅速行进到临江岔沟地区宿营。

第二天清晨，抗联部队还在休息。被称之为"满洲国军之父"的原伪满洲国最高军事顾问、因参与制造人类文明史上最血腥的南京大屠杀，1938年8月31日刚刚晋升为中国驻屯军宪兵司令官的佐佐木到一（1886—1955，日本陆军中将，南京大屠杀的主犯之一。1937年被编入华中派遣军第十六师团步兵第三十旅团任旅团长，参与了侵占上海的作战和率部进行了南京大屠杀，野田毅和向井敏明两个进行"百人斩"的恶魔便是此人手下。他指挥所属部队一次就屠杀中国军民3000多人。战后被苏军逮捕，移交给中国法庭，处以有期徒刑期间病死狱中），乘坐一架灰绿色的飞机在临江岔沟上空盘旋。

原来，佐佐木到一履新视察新京（长春）期间，闻听老对手杨靖宇的主力一师师长程斌已经叛变投降，便来了十二分精神。主动献计献策，跟通化、吉林、间岛三省大"讨伐"司令部周密策划了"铁桶一样"的岔沟包围战役。眼见杨靖宇率领的部队在"讨伐"队的围追堵截下，一步一步进入他布置严密的口袋里，十分得意。他透过舷窗高兴地叫喊："杨靖宇的，插翅难逃！"并亲自撒下一把把花花绿绿的劝降传单。一张粉红色传单飘飘悠悠落在警卫员黄生发身上，在杨靖宇的示意下，小黄抓过传单交到杨司令手上。杨靖宇看过后向大家说："你们听听，这上面胡说些什么？'匪首'杨靖宇：我们已经摆下了铜墙铁壁阵，死活两条路让你选，你若归顺，东边道归你统辖……"念到这里，杨靖宇说："想得倒美，东边道若让我管辖，我得先把你们小日本送回老家去呀！"杨靖宇的铿锵壮语、英雄豪气，令战士们信心百倍。笑声中大家按照杨司令指示赶快开饭，饭后立刻转移。

部队刚拔营出发，没走出多远，大批日伪军警就像蝗虫一样跟踪而至。伪通化省警察大队本部富森、中川部队，伪满军李佑、牛天部队及叛徒程斌"讨伐"队1500余人，将杨靖宇所部400余人队伍紧紧包围在岔沟。杨靖宇指挥部队迅速抢占有利地势，与敌展开激战。

战斗从早晨一直打到傍晚，抗联部队组织了多次冲锋都未能突破敌人的包围圈，渐渐被压缩到几座山头上，处境十分危急。这时天色黑了下来，敌人停止进攻，在山坡下燃起的火堆，一圈一圈的，像是一圈火城，布满了山岗。杨靖宇召集各部指挥员召开紧急会议。他分析说：敌军收兵宿营，说明他们在准备更加残酷的恶战。形势对我们非常不利，如果拂晓前冲不出包围圈，将有全军覆没的危险。一是时间紧迫，必须果断行动，绝地反击。拂晓前一定要突围出去；二是经查，敌人的火堆四面分布都很密集，只有西北岗上的火堆有点稀拉，说明那里可能是悬崖陡壁，地势险要，敌人估计我军不可能从那里突围；三是马上组织一支突击队，作先锋。各部队做好准备，一旦突击队打开突破口，大家就迅速跟进。各部指挥员一致同意杨靖宇的分析和判断，分别做出突围的具体部署和安排。

夜色深沉，秋风阵阵，岔沟山谷一片寂静。经过一整天的激烈战斗，战士们感到有些疲倦，但是，谁也没有睡意。这时，1938年6月29日在本溪碱厂街小学叛变的原抗联一军一师师长程斌，被日寇驱赶到阵地前沿，进行无耻的劝降活动。

本来，在战场上向日伪军喊口号，唱抗联歌曲，那是杨靖宇独创的政治战术，后来成为抗联一路军作战的一个传统。翻开世界反法西斯战争史，还真没见有哪国军队使用过这种战法呢。在战场上边打边唱边喊"中国人不打中国人，留着子弹打日本"的口号，曾使杨靖宇和他率领的抗联一路军部队取得"不战而屈人之兵"的成功。军人疆场作战，没有比在阵地前瓦解对手军心更爽的事了。

当初，把杨靖宇这个战法运用得最灵活的是程斌。没想到程斌投降以后，将此战法转而用在对付杨靖宇身上。如今，他站在岔沟阵地上对着杨靖宇和司令部直属三连指导员宫明义的名字，放开嗓门儿高声喊道："宫明义指导员啊，咱俩一直交情不浅，这么多年你知道我，我知道你。心交心地说，抗日是好事，可是和日本人打了这么多年，人家也没见少，反倒是自个的日子越来越难熬，哪有头儿啊？你下来吧！你下来我保证你吃香的喝辣的。"宫明义回敬他："老程你上来吧，看在以往交情的份儿上，我也给你预备了好吃的——黑枣！保准管你饱！"警卫旅政委韩仁和（1913—1941，吉林永吉人。1933年8月，加入中国共产党。1934年11月，任东北人民革命军第一军军部秘书长。1938年5月，任东北抗日联军第一路军参谋兼警卫旅政委。1941年春，率队到宁安活动，在镜泊湖与日军遭遇，在指挥作战时中弹牺牲。时年28岁）听了非常生气，大声吼道："程斌这个混蛋，投降当叛徒还这么猖狂，看我怎么收拾他！"说着就要带突击队冲过去。

面对叛徒的疯狂叫嚣和日寇的挑衅，杨靖宇清醒地意识到眼前最要紧的是决不能被敌人搞乱军心，瓦解抗日意志。杨靖宇一把拉住韩仁和的胳膊，说："你没看出来吗？这是敌人的激将法。你若是从这边下去,正中他们的诡计。分兵包围我们,对我们更加不利。"

为戳穿敌人的伎俩,压倒叛徒的嚣张气焰,杨靖宇亲自从警卫旅一团挑选三十多名嗓门儿亮的警卫战士,指挥他们高唱:"中国人不打中国人,中国人不打中国人!我们别给日本当开路先锋,我们要为民族解放斗争!倭寇屠杀了东北父老,又叫你们对阵抗联兄弟同胞……我们决不再自煎自熬,叫敌人笑哈哈地袖手取巧。弟兄们,中国人不打中国人!留着子弹打日本!弟兄们,中国人不打中国人,携起手来,打倒小日本!"

抗日战歌唱得震天响,唱出了士气,唱出了人心向背。据参加过那场战斗的程斌"讨伐"大队的士兵白万仁讲,"从打跟老程下山(指投敌叛变)已经好久没有唱歌了。听到阵地上传来曾经熟悉的歌声,从心里感觉得热乎,心头一热也跟着哼唱起来。没想叫老程听见了,啥话不说上来就踹我两脚。说:就知道嚎丧,也不看个时候!"

抗联的歌声,既是政治攻势,又是发给伪满军士兵的信号:抗联只打日本鬼子兵和铁杆汉奸,不打伪满士兵。

深夜两点,杨靖宇组织的冲锋队正准备出发,把守西岗的满军牛天部队派人来报信了:鬼子西北岗布兵松懈一些,贵军从那里突围,我们将在一边策应。不到两小时,冲锋队摸到西北岗陡壁上,见敌哨兵正打盹,冲锋队员猛跃上前去一把卡住他们的喉咙,其他队员蜂拥而上,两个架一个,不准他们出声。敌连长刚要拿枪,被我战士一脚踹倒。敌连长连喊带叫,惊动了附近的哨兵。顿时,枪声、喊叫声震动了山谷。抗联将扼守西北岗伪满军一连缴械后,迅速突出重围,奔向河里根据地。

佐佐木到一信心满满地做着"剿灭"杨靖宇,为自己"满洲国军之父"的名声画一个圆满句号的美梦。然而，第二天清晨，当他再乘飞机到岔沟上空视察时，看到的却是"讨伐"队狗咬狗的混战场面，杨靖宇和他的部队已不知在什么时候无影无踪了。佐佐木到一仰天惊叹："难道杨靖宇插上翅膀飞了？"日伪的报纸报道说："……在大激战中，杨等乘着夜色而脱走。"杨靖宇率领抗联一军于临江里岔沟胜利突围后，迅速向北转移，进入濛江西南部山林中。

岔沟突围战斗，击毙敌团长一名，毙伤敌 80 余人，俘敌 20 余人。一路军警卫旅伤亡近 20 人。

岔沟突围战是抗联斗争史上以少胜多的著名战役。此战彻底粉碎了日伪苦心谋划 20 余天的包围、全歼杨靖宇部的计划，使陷入困境中的抗联一军转危为安，充分显示了杨靖宇过人的胆魄和非凡的军事指挥才能。

智取冬装

1938 年中秋节以后，地处我国东部边疆的长白山区，天高气爽，秋色正浓。五花山上，松叶绿，枫叶红，茅草黄……

战斗在东岔抗日根据地的抗日联军第一路军第一方面军，上千名指战员正沉浸在长岗战役胜利后的喜悦之中。

黄昏时分，在密营地的一个帐篷里，杨靖宇司令和"少年铁血队"指导员王传圣同志正在研究部署一个新的军事行动计划。

长岗战役结束后，被俘虏的索旅二十四团的伪军，在我党我军政策的感召下，有一部分自愿留了下来。特别是，长岗战役的胜利影响较大，根据地附近的群众踊跃报名参加红军，抗联一路军一方面军由原来的八百多人一下子扩展到一千多人。天渐渐地凉爽起来，新增的这二百多人还没换上冬装呢。自己动手做吧，没有衣料，到敌人手里去取吧，又没有顺手的货。经过反复研究，终于制定了一条妙计。

农历八月十八日清晨，王传圣指导员带领两名抗联战士，化好装，披着浓雾，穿过密密麻麻的树丛下山了。晚饭以后，王指导员他们来到根据地附近一个比较大的屯堡——东岔村。找到了抗联耳目，王指导员的磕头兄弟薛忠林。薛忠林得知东岔村伪警察分所所长刘邦林，最近几天晚上都宿在他的野老婆栾白梨家。

夜间零时左右，栾白梨家的房门突然被踹开了，一道雪亮的手电筒光柱射在炕上刘邦林和栾白梨的身上。刘邦林怔了一下，好像突然明白了什么，右手迅速向枕头摸去。

"老实点！"一名抗联战士突然亮出了明晃晃的匕首。刘邦林面对着匕首，赶紧缩回了那只已经摸到枕边的手。另一名抗联战士顺手从枕头下面抽出了手枪。刘邦林抖动着嘴唇，战战兢兢地说："你……你们，这……这是……"

王指导员抖开衣襟，拍了拍斜插在腰间的二八匣子，缓中有急，软中带硬地说："刘所长！当着明人不说假话，我们是奉杨……"这个杨字刚说出口，刘邦林就"扑通"一声跪下了，他一边磕头，一边连声哀求着："饶命，红军饶命，天兵天将饶命……"

这时，龟缩在炕角的栾白梨也爬了过来，陪着刘邦林鸡啄米似的磕着头。王指导员猛拍了一下炕沿，大喝一声"起来！穿上衣服"。刘邦林和栾白梨哆哆嗦嗦地披上衣服。

王指导员默视了一会，说道："我们是奉杨司令的命令，前来敲你的警钟……"

刘邦林慌忙点头："欢迎，欢迎……"

王指导员接着说："不过，我们知道你还有一点中国人的良心……"

刘邦林应承着："是这样，是这样，我从没坑害过人，没……"

王指导员厉声打断刘邦林的话："不！'偷鸡摸狗'的勾当你没少干！"他斜了一眼栾白梨："这一带的妇女被你糟蹋了多少？"

刘邦林一边摇头，一边辩护着："不敢，卑人不敢……"

王指导员又拍了一下炕沿，喝道："刘邦林！"刘邦林慌忙应道："鄙人在，鄙人在。"

王指导员顿了顿，又接着说："要想饶恕你也不难，从今后你必须悔过自新，立功赎罪……"

王指导员每说一句话，刘邦林就点一下头，跟着应一个"是"。当王指导员说到立功赎罪时，刘邦林忙作了一个揖，说道："鄙人愿意立功赎罪，可……怎样去赎……"

王指导员在屋的中央踱了几步，突然，猛回过身来，逼问他道："机会倒是有一个，可不知你？"刘邦林急忙向前挪了挪，恳求着："鄙人愿意，鄙人愿意……"王指导员又逼近一步，追问道："不后悔？"刘邦林回答："鄙人决不后悔。"王指导员换了口气："那么好吧，从明天起，七天之内，为宪兵队征集二百八十套棉衣。"

刘邦林一听说为宪兵队办事，再次跪下哀求着："鄙人是中国人，不敢为日本人办事，的确不敢……"王指导员横眉怒目："叫你这么办，就这么办！"刘邦林连声应道："是，是……"王指导员咬着牙，一字一句地说："不过，送出的时间，行走的路线，必须提前告诉我们，明白吗？"刘邦林眨巴眨巴眼睛，露出了媚笑，连声应道："明白，鄙人明白。可是，这时间、路线……不知……到什么地方……"王指导员打了个手势，刘邦林向前挪了挪，王指导员伏在刘邦林身边低语着："等棉衣筹齐之后，你单独一个人……联络点……"

刘邦林连连点头。王指导员又威严地警告着："刘邦林，你可要放明白点，你的周围我们已经破了十几个警察所，可是为什么没有动你？"刘邦林第一次默默地点着头。王指导员又补充了一句："不过，也请你放心，对于你的人身安全，我们是要尽最大努力的。"

中秋节后的第十天，晴空朗朗。王指导员带领"少年铁血队"的战士们，冒着深秋的寒气，按照刘邦林供给的情报，事先埋伏在东岔通往集安城的必经之地——红石砬子。

秋日正午，刘邦林带领两个警察小队，护拥着由十几名马夫和二十几匹马组成的马帮，出现在红石砬子沟门。这时，从红石砬子侧翼走出几位采山货的老人。他们拖着木棍，背着背筐，抢在马帮的前面向红石砬子沟里走来。

警察一小队的栾警尉，首先发现了采山货的老人，他大声喊叫着："喂——干什么的？站住！"采山货的老人不但没站住，反而步子更快了。栾警尉骂了起来："他妈的，不站住老子开枪了！"接着便拉动了一下枪栓。采山货的老人已经进入了埋伏圈，他们回头看了看，显得很不情愿，战战兢兢地停下来。栾警尉来到了面前，端着枪喝问："干什么的？"

老人们胆怯地回答，"采……山货的。"栾警尉瞅了一眼背筐叫嚷着"拿过来，检查检查。"老人们你看看我，我看看你，一动不动。

"你们这些该死的老东西！"栾警尉一边叫骂，一边用枪刺去挑背筐。老人想夺背筐已经来不及了，背筐倒在地上。像宝石似的元枣子，绿莹莹的，亮晶晶的，撒了一地。栾警尉收回枪，拿起一个像蚕一样柔软的马枣填到嘴里，只见他抿了抿嘴唇，翻动着小绿豆眼说："真甜呐！又垫饥又解渴。"

众警察好像屎壳郎子一般，立即离开马帮，围着元枣子一屁股坐下吃起来。这时，只听天崩地裂似的一声吼："缴枪不杀！举起手来！"二十几个警察，不约而同地抬起他们那惊慌的脸。面前是老人们乌黑的枪口。周围是"少年铁血队"闪亮的枪刺，警察早已骨软筋麻筛起糠来，双手高高地举过头顶。王传圣指导员拎着匣子枪来到警察面前，厉声喝问："你们想死还是想活！"

警察先后回答："想活，红军饶命，家里都有老婆孩子……"王指导员停了一会，说："想活？那好吧，你们要守住这个秘密，回去吧。"刘邦林上前一步，装模作样地恳求着："长官，长官，一旦上司追究下来？……"王指导员果断地回答："要活命只有这样！"

刘邦林又装模作样地申辩着："万一……"王指导员特意"啪"打了他一个耳光子，又扫视了一下警察那些惊恐的脸，冷冷地说："谁走漏了风声，我就要谁的心肝肺下酒！"后半句话几乎是从牙缝里挤出来的。

刘邦林捂着脸，低下了头。其他警察，你看看我，我看看你，一个个像丧家犬，默默地离开了红石砬子。抗联战士们，从马背上取下棉衣、布匹，欢天喜地地消逝在密林中。

之后，当地老百姓编唱歌谣广为赞颂杨靖宇的游击战术：

抗联队伍有办法,穿上"狗皮"把装化。
头上戴着战斗帽,腰间还把洋刀挎。
粘上两撇仁丹胡,冒充太君来训话。
没等训上两句半,翻译官员说了话:
赶快缴枪举起手,谁动让谁回老家。
敌军官兵傻了眼,一个一个被活抓。

转移北上

1938年秋冬季,日伪对抗联一路军大讨伐在东南满地区展开。敌人纠集1.5万余兵力,采取"断其粮道、绝其补给、逐步压缩包围"的办法,搜索、跟踪、追击杨靖宇及所率直属部队,斗争形势发生了根本性的变化。

一天,杨靖宇率军部警卫旅及少年铁血队共400人从蚂蚁河上游出发,拟经通化过临江而至金川再赴桦甸、濛江并与抗联二军四师取得联系,贯彻两次老岭会议精神。因敌人到处设卡,警戒严密,行军20多天竟与敌交战10余次。

伪通化省警察大队成员几乎全是抗联变节人员,他们熟知抗联作战方法、活动规律。程斌率队到集安后,情况大变。日伪军白天出击,晚上休息,程斌白天休息,晚上追剿,致使抗联处处被动。为尽快摆脱被动、不利的局势,冲破敌人疯狂的军事围剿,杨靖宇决定率军部直属部队撤出集安抗日游击根据地,北上濛江(今靖宇县)、金川(今辉南县)、抚松一带山区坚持开展抗日游击斗争。

第七章　铁血英雄泣鬼神
　　　　　忠心赤胆映日月

　　进入1939年，日本关东军接连出台了三个文件，文件中所附悬赏规定里，杨靖宇名列第一。三个文件的共同目的只有一个：消灭杨靖宇。其行动策略是：同时遇到抗联和抗日山林队，专打抗联，不打山林队；若是同时遇到杨靖宇和其他抗联部队，专打杨靖宇，不打其他抗联。面对严峻惨烈的形势，抗联中有人向杨靖宇提议暂时"避一避""躲一躲"。杨靖宇坚决地否定了这个建议，并激动地说道："抗日抗日，你走了还叫什么抗日！你到长白山里猫起来，这叫什么抗日！！！"正所谓：铁血英雄泣鬼神，忠心赤胆映日月！

高度评价

　　1938年11月5日，中共中央六届六中全会发出由杨松（吴平）

起草的致东北抗日联军的致敬电，高度评价东北抗日联军是"在冰天雪地与敌周旋七年多的不怕困苦艰难奋斗之模范"，指出"我们也不会忘记在最艰难困苦的条件下，同民族死敌作长期斗争的亲爱的同志们"。在致敬电开头，引人注目地使用了"东北抗日联军杨司令靖宇"的称谓，并指示由杨靖宇将致敬电转达给抗联全体官兵和政工人员。这份珍贵的历史文献集中体现了以毛泽东为核心的党中央对东北抗联的高度重视和亲切关怀，充分肯定了东北人民抗日斗争在全国抗战中的地位、任务和光明前途，重申了中国共产党抗战到底和收复东北失地的坚强决心，同时也进一步明确了杨靖宇在东北抗联中的领导核心地位。

同年年底，这份电报经中苏边境国际交通线辗转传入东北，成为抗联同志在极端困难条件下坚持斗争的强大精神动力。

对此，甚至日本关东军宪兵司令部也不得不承认："中共日益坚持抗日持久战，于陕西省红都延安召开中共党六中全会……从此次会议中共向在满东北党致电，鼓励继续长期抗战等情况，中共不仅从未放弃其长期抗日之迷梦，还希望东北党（军）亦与之相策应，顽强且积极地开展抗日游击战。对此点乃不难预想，因而绝不能轻视其将来之动向。"

临危不惧

杨靖宇在担任政委的南满抗日游击队之初，所率领的部队仅30来人。几场硬仗打下来，他以自己的威望，以及"豺狼入室、一致对外"的统战原则，逐渐"赤化"了多支零散的抗日山林队。

四年之后，抗联第一路军成立，队伍已达六千余人。杨靖宇率领司令部及属下三个方面军分散游击，"据有山丘密林之地面为所欲为，不仅对部落、矿山、警备机关进行袭击、掠夺，且胆敢迎击移动中之日本军部队"。仅1936年，南满日伪军就遭到抗联袭击12280次。杨靖宇及东北抗联第一路军司令部，自然成了"大讨伐"的重中之重。

当年关东军的绝密文件中有这样一段话"杨靖宇头脑清晰，富于组织之天才，军事手段狡颉多变，极具威胁"。关东军总司令武藤信义仔细阅读关于杨靖宇的资料，只说了一句话："小小的满洲国，大大的杨靖宇！"

1939年初，日本关东军出台了《通化省一九三九年治安肃正指导纲要》《一九三九年度通化省秋冬期治安肃正讨伐计划》《一九四〇年治安肃正计划》三个文件。文件中特别强调，"对于捕杀匪首杨靖宇等须全力以赴"。《治安肃正要纲》中所附悬赏规定里，杨靖宇名列第一。三个文件的共同目的只有一个：消灭杨靖宇。其行动策略是：同时遇到抗联和抗日山林队，专打抗联，不打山林队；若是同时遇到杨靖宇和其他抗联部队，专打杨靖宇，不打其他抗联。

1939年5月1日，日伪政权在通化设立第八军管区，王之佑（1892—1995，又名立三，汉族，辽西省兴城县人。家庭成分地主。1929年任吉林省政府委员兼警务处处长兼公安大队长，1932年任吉林自卫军前敌总指挥，吉林联军前敌总司令，东北民众抗日义勇军五军团参谋长，伪满军政部宣传局长，伪中央军事宣传委员会主任，1935年任伪军事调查部长，1936年任伪参谋司长兼通讯本处长，1939年任伪第八军管区司令，1940年任伪第三军管区司令，1942

年任伪第一军管区司令，1942年授伪满上将，1945年8月19日被苏军俘虏，1961年特赦，1995年去世）任司令官，其任务就是：专门围剿杨靖宇的抗联第一路军。

面对如此严峻的形势，抗联中有人提议，把部队暂时转移到苏联"避一避"。杨靖宇坚决否定了这个建议。还有人提出把司令部藏到长白山深山里去，其他部队在外面牵制敌人以保卫司令部。"抗日抗日，你走了还叫什么抗日，你到长白山里猫起来，这叫什么抗日！"杨靖宇激动地喊道。

待平静下来之后，杨靖宇经过深思熟虑并通过认真反复讨论、征求意见，制定出了"保存实力，化整为零，分散游击，粉碎敌人冬季大讨伐"的战略计划。

1939年9月，"吉林、通化、间岛三省日满军警宪特东边道联合讨伐司令部"成立，关东军吉林长春地区守备队司令官、陆军少将野副昌德为总司令官，统一指挥三省军警联合作战，具体实施对三省的联合军事围剿。敌人投入兵力7.5万人，包括日军独立守备队步兵5个大队，满军7个旅，三省警察队和热河、奉天、滨江、锦州四省增援队，以及叛徒程斌、崔胄峰、唐振东为头目的"挺进队"等。此外，还配有一个飞行队。其作战原则是：同时遇上"土匪"（抗日山林队）和抗联，专打抗联；同时遇见杨靖宇部队和其他抗联部队，专打杨靖宇……一张空陆交织的大网，正向杨靖宇撒来。

9月30日，在桦甸县头道溜河口一个废弃的满军兵舍里，杨靖宇主持召开了中共南满省委、第一路军主要负责人会议，为粉碎敌人"聚而歼之"的图谋，决定"化整为零"，将抗联第一路军编成若干小股部队同敌人周旋，而他居中指挥协同作战。

1939年10月，敌人组成通化省讨伐本部，总指挥通化省警务厅厅长岸谷隆一郎率日伪军警及叛徒程斌、崔胄峰、唐振东等大队人马开进濛江，专门围追堵截杨靖宇。

1939年11月22日，杨靖宇率司令部直属部队、警卫旅一团、三团进入濛江，集结于濛江境内。有资料记载的日伪军警宪特共计31支部队约7.5万人，杨靖宇部队仅400余人。这时的濛江，敌兵层层布阵，路路设卡，张开大网，等待杨靖宇的到来。然而，等待杨靖宇的更大困难和危机是断粮、是饥饿。

可以说杨靖宇一个最典型的军事思想是"密营"。密营是抗联在深山老林的秘密宿营地。储存有粮食、布匹、枪械、药品等赖以生存的物资。密营是杨靖宇的一个创造，也是抗联与土匪的重大区别之一，更是抗联孤军对抗日寇长达14年不败的重要原因。有了密营，就等于有了根基，战士们冬天就不用被动地下山筹集粮食了。杨靖宇之所以率部转战濛江，是因为濛江境内建有各种密营70多处。但杨靖宇刚进入濛江就立刻发现，这70多个密营，早已在叛徒程斌的指使下破坏殆尽，杨靖宇一夜之间突然陷入弹尽粮绝的境地。正所谓成也"密营"，败也"密营"。杨靖宇所率部队寒无棉、食无粮、住无处，且天气寒冷，积雪浅处至膝盖，深处到大腿根。冷极了，战士们就在雪地上跑、蹦，但肚子里没有食物，蹦几下就没劲了；困极了，又不敢睡实，否则，就会被冻僵再也起不来了；饿极了，战士们就用刀刮下一块榆树皮，去掉老皮，剥嫩皮放在嘴里嚼，又苦又涩，极难下咽。就是在这极端艰难的处境中，杨靖宇率领他的将士们仍在苦苦地支撑着、坚持着。

为免遭敌人聚歼，杨靖宇决定分兵，派军部警卫旅政委韩仁和与一团政委黄海峰率警卫旅60人移师北上，而自己则率机枪连、特卫排、警卫旅一部及少年铁血队约200人继续留在西岗地区牵制敌人。

1939年12月7日，杨靖宇与日军部队在龙泉镇北方角杆顶一带激战，毙伤日军10余人。两天后，于濛江西北小孤顶子与日军渡边部队激战数小时，而后甩掉敌人，穿越抚松公路南下。起初，部队行进比较顺利，打了若干次胜仗，而且有一段时间，"讨伐队"几乎找不到杨靖宇的行踪。杨靖宇率部先后在濛江翁圈与李兴绍、曹亚范部，在濛江珠河与韩仁和所率少年铁血队，在临江西南岔与二方面军参谋林宇诚部汇合，并在大四方顶子休整了十余天。

此时，关系到生死攸关的一个问题越来越突出，那就是杨靖宇所率部的给养。多年后，抗联战士沈凤山回忆："那时我们抗联缴获了不少钱，每次战斗下来，都要奖励立功人员，所以战士手里也有钱，但是有钱买不到东西。"为了隔断抗联与当地百姓的联系，日伪当局采用"归大屯"、建"集团部落"等方式，将居民集中起来，并在森林中开汽车道以减缩游击队的活动地域。抗联的物资来源变得越来越少，只能依赖密林深处的营地储存的食物。而在这次"大讨伐"中，由抗联叛徒组成的"挺进队"，专门寻找秘密营地，破坏粮仓。为了解决给养问题，杨靖宇率警卫旅与李兴绍、曹亚范部奔赴临江，计划主动攻袭林子头、白水泉子和八道江铁路工程现场。

12月24日，部队行至临江县大板石沟附近，遭日军渡边部队满军步兵三团堵截，杨靖宇指挥部队激战一天之后退回森林里。两天之后，部队转移到临江三岔子北方15公里处，又与满军步兵七团激战，抗联伤亡惨重。这一仗明显地暴露了行踪，杨靖宇决定取消攻袭铁道工地计划，并再次分兵。

12月末，在濛江头道老岭地方，杨靖宇将司令部周围的部队分散开，命令曹亚范率一方面军袭击濛江西部的龙泉镇，李兴绍参谋率部分队伍转移，在头道花园又与二方面军林宇诚部队分离。而杨靖宇自己率警卫旅和少年铁血队战士，准备绕道濛江东南赴濛江北部一带与敌周旋。

1940年1月6日至8日，在濛江县公署伪通化警务厅长岸谷隆一郎主持召开了"讨伐"杨靖宇讨论会，与伪吉林省"讨伐队"本部之野田茂等人共商"讨伐"事宜，决定加大力度，采取"狗蝇子"战术，"盯死"杨靖宇。

9日，杨靖宇率领300人，先在濛江县错草子与小滨、渡边部队交战，又与日军小滨部队，以及叛徒程斌、崔胄峰率领的"挺进队"在濛江青江岗北方西岗激战数小时，然后向北撤走，但依然没有摆脱追兵。

11日，杨靖宇决定再一次分兵。警卫旅政委韩仁和、警卫旅一团政委黄海峰率警卫排60人，从西岗分头转移北上，而他自己则率机枪连一排、特卫排、警卫旅一团四连和少年铁血队共200人继续留在西岗活动。

一次次分兵，杨靖宇让其他指挥员率领属下战士离开司令部所在地方，其目的，一方面是分散敌人的注意力，另一方面，则是让其他战士能够安全脱险。但他的分兵并没有起到意想的效果，"讨伐队"依然像"狗蝇子"一样盯着他，使他几乎没有喘息的机会。

当时气象资料显示，当时濛江地区夜间最低温度，往往是零下42摄氏度。杨靖宇警卫员黄生发回忆，雪地行军，战士们的上衣全被树枝扯开花，白天黑夜都挂着厚厚的霜，而裤子总是湿的，寒风一吹便冻成甲，很难打弯儿，迈步都吃力。鞋子跑烂了，就把棉衣揪下一块包脚，割几根柔软的榆树条子绑上。在这种情况下，除了战斗牺牲之外，许多战士冻死、饿死，部队持续减员。

但比饥饿和严寒更让杨靖宇痛心的是，在这次"大讨伐"中，抗联出现了不少叛徒，带枪逃跑事件层出不穷。部分逃兵更是转而投降日军，加入"挺进队"，成了剿杀杨靖宇的先锋和主力。

苦苦坚持

1940年1月21日，一路军军部警卫旅一团参谋丁守龙在濛江县马架子被敌逮捕随即叛变投敌。丁守龙向敌人全盘供出了杨靖宇进入濛江后的行军路线、活动区域、现在处境及下一步的行动计划。

如果说，程斌的叛变使一路军经历了一次危机的话，那么这次丁守龙的叛变，就直接危害到杨靖宇及第一路军司令部的安全。

敌人从丁守龙的供述中掌握了杨靖宇的行动路线，据此调集了日军大原、有马、小滨、有政等部队，和伪满军第一旅步兵三团及程斌、崔胄峰的数支"挺进队"，由伪通化省警务厅长岸谷隆一郎统一指挥，在清江岗、北方西岗地区疯狂围剿。

在饥寒交迫、敌人不断追击的险恶形势下，杨靖宇决定继续向西突击以冲出险区。1月29日晨，杨靖宇率部摆脱了几股"讨伐队"追击后，来到金川县马屁股山。行进中，部队误入敌人阵地。杨靖宇沉着、镇静，凭借枪声、喊杀声判断敌人的方位、虚实、多少，机智果断地组织、指挥部队突围。此战，冲出来的部队到达五斤顶子时伤亡70多人。在杨靖宇身边只有特卫排、少年铁血队、机枪连的60多个战士了。

1940年2月1日，军部特卫排排长张秀峰携手枪4支、现金9960元及他所掌握的大量机密文件向濛江县五斤顶子森林警察大队投降。张秀峰是一个自幼失去父母的孤儿，从15岁起被杨靖宇抚养成人。杨靖宇曾经对他说："你是孤儿，没有爹妈，你就和我儿子一样。"他不会写字，连自己名字都不会写。杨靖宇不但让他学会了写名字，而且手把手教他认字。不仅如此，杨靖宇还教他唱歌，教他吹口琴，并亲手赠送给他一个口琴。张秀峰对这把口琴爱不释手，没事就拿出来吹一吹或把玩一番。一个自己一手栽培的战士，一个被自己当作亲生儿子的孩子，在最需要他支持的时候离自己而去，站到不共戴天的侵略者一边。杨靖宇当时会是什么心情？是愤怒？还是悲凉？总而言之，张秀峰的叛变是致命的，甚至将杨靖宇及其率领的抗联逼上了绝路！

2月2日晨，叛徒程斌"讨伐队"、申麟舒大队、日本守备队、森林警察队等数百人在飞机掩护配合下，团团包围了杨靖宇及司令部所在的那尔轰古石山宿营地，发动猛烈进攻。杨靖宇率部奋勇还击，拼死突出重围。此战后，杨靖宇身边仅剩下30人。

2月4日，为解决给养，杨靖宇率部攻打新开河木场，经过激烈战斗，夺得一批粮食。可途中又与大批敌人遭遇，背粮的15名战士被敌军冲散。此时，杨靖宇身边只剩下15名战士了。东北抗日联军战士越打越少，不仅缺粮又没有队伍来援助，与组织长期缺乏联系，对杨靖宇来说，此中孤独自不堪言。

就在这时，抗联第二路军交通员奉命经艰苦跋涉来到濛江县西岗区，找到了杨靖宇，转交了总司令周保中写给杨靖宇的信。信中介绍了抗联第二路军及北满地区斗争情况，并建议一路军在环境极端艰苦、斗争实在难以坚持下去的情况下北撤，与二路军会合，背依黑龙江和苏联，保存实力，以图再战。

2月6日下午，杨靖宇率16人来到一个大木场，他们在靠近山边的木垛中坐下来休息。这时，突然远处传来枪声，是程斌大队尾追而来。杨靖宇急令将火踩灭，分两队突围。交通员被子弹打碎胯骨，伤很重。

天黑后，杨靖宇率6名战士抬着交通员在没膝深的积雪中艰难地行走着，交通员趁大家不注意，拼力翻身摔在雪地上。他说："杨司令，你们快走吧，抬着我，咱们谁也走不出去。你们再不走，我就开枪打死自己。"说着他掏出手枪对着自己的头，杨靖宇轻轻推开他的手，难过地点了点头。

几个警卫员在一个隐蔽、避风的地方用树枝为交通员搭了个小窝棚，杨靖宇让黄生发给他留下一些干粮，对他说："你先在这坚持几天，我们联系上部队就马上派人来接你。"交通员泪眼汪汪，他紧紧握住杨靖宇的手。

2月8日，杨靖宇患了重感冒。为了轻装行军，部队的帐篷、火炉早就扔掉了。几名警卫员只好用斧子砍些树枝铺在地上，又找来一块木头当枕头，让杨靖宇躺在上面，并在他身边生了一堆火。不巧，火堆上蹦出的火星，将杨靖宇的棉裤烧了个大窟窿。

警卫员黄生发看到后，把自己棉袄上的下襟撕下一块，让杨靖宇补棉裤用。杨靖宇发现后很不高兴，批评黄生发，你怎么撕棉袄？黄说，我棉袄缺一块，还有棉裤腰挡风。但杨靖宇的棉裤是黄的，补丁是白的，补完之后不好看。黄生发感觉很不好意思。杨靖宇笑着用手摸了摸补丁，说："很好，很好，这是友谊的象征。"此时，敌人的飞机从头顶飞过，撒下的传单称，如果投降，整个东边道归杨靖宇管辖……黄生发捡起来递给杨靖宇，他看了后轻蔑地笑了笑，团了几下丢进火堆。仅剩下的十多个战士，围坐在火堆边，听杨靖宇讲他的革命经历。战士们听着他的讲述而激动着，仿佛跟着他出入监狱，跟着他闹土地革命，跟着他在白区做地下斗争……许多年以后，警卫员黄生发还记得，即使是最艰难的时候，杨靖宇始终"坚毅、豪迈、沉静""谈笑风生"。

次日下午，西北岗上突然响起了枪声，程斌的"挺进队"又追来了。杨靖宇果断地将15名战士分成两拨突围，跟随杨靖宇的仅剩7人。

1940年2月15日，天刚蒙蒙亮，敌人一边打枪，一边叫喊："快投降吧，投降了有粳米洋面吃……"杨靖宇高声要日军派人来谈，日军讨伐队中的警官伊藤（程斌警察大队中担任"恩赏系"的日本警官，警尉补）应声起身，表示愿意来谈判。此时，杨靖宇立即开枪，凭借其高超的枪法在300米外命中伊藤，可惜距离太远，子弹没有了威力，胸部中弹的伊藤仅仅负伤而没有毙命。随后，和程斌齐名的另一名叛徒，"崔贤警察大队"大队长崔胄峰也被杨靖宇击伤。杨靖宇乘机摆脱追兵，突围而去。

到了晚上，一天没吃东西的七个人围在火堆旁忍受饥饿。杨靖宇看了看仅有的一块苞米干，默默地对警卫员说："就这点干粮，捣碎熬点汤给大家喝吧！"

警卫员用日本鬼子的半边钢盔盛水，将苞米干捣碎放在里边，在火堆上熬好后，七个人一人喝了几口汤。随后，杨靖宇对大家说："暖和过来了吧，同志们。趁天黑我们翻过这座山就好了。"

但敌人层层包围着，密密匝匝如铁桶一般，转了一夜仍无法过岭。同志们饿着肚子，在冰天雪地里与数千名敌人周旋。到了第五天的中午时分，敌人采取"拉网""篦梳"战术，从四面八方围了上来。到晚上，又有四位同志负伤了。

杨靖宇把大家招呼到一起，果断地说："情况非常危急，大家必须分开走！"

同志们紧紧拥在一起说："死，就死在一块；活，也活在一块。"

"我们不能无谓地死。多活一个，革命就多一份力量。"杨靖宇深情地说。

杨靖宇毫不犹豫地决定分开走，他让黄生发带领另外3名伤员往回走，避开敌人，找关系住下养伤，并联络部队到七个顶子会合。他带警卫员朱文范、聂东华继续向前走寻找联络部队。

叛徒程斌率"讨伐队"搜索杨靖宇等人的行踪时，在五斤顶子北方山坳的雪地上发现了一道足迹，急忙追去。日伪资料《阵中日志》记载："他（杨靖宇）已经饿了好几天肚子，但是跑的速度却很快。两手摆动得越过头顶，大腿的姿势，像鸵鸟跑的那样。"敌人还称他"完全像巨人那样跑着，最后终于逃进密林之中。"从15日清晨起，"讨伐队"经过一次战斗，加之十几里山坡路的拼命追赶，被杨靖宇拖得疲惫不堪，陆续有人掉队。日军有关资料记载："早晨出发队伍有600人，逐渐剩下300人、200人、100人，到16日凌晨两点钟，仅剩下50人。"

2月15日下午，杨靖宇等3人来到大北山下，杨靖宇让两名警卫员朱文范、聂东华去附近买食物,并约定了会合地点。

2月18日,警卫员聂东华、朱文范在距濛江县城东南6公里的大东沟附近遇到打柴人赵学安,二人给他很多钱,求他给买些吃的,赵学安答应回村去买。不料,赵学安回村后,即向敌人报告。警防队立马组织队伍出动包抄,聂、朱二人英勇抵抗,不幸中弹牺牲。敌人在他们身上搜出杨靖宇的印章,认定杨靖宇就在附近,于是进一步缩小了包围圈,并通告附近村民"入山打柴绝对不准携带午饭"。一个星期没有吃到真正食物的杨靖宇,只好饿着肚皮坚强地支撑着继续躲藏辗转。

壮烈殉国

1940年2月22日晚,杨靖宇来到濛江县城西南6公里处保安村三道崴子,在一个破地仓子里度过了他人生中最后一个夜晚。三道崴子地形是三面环山,只有一个出路,这条路一旦卡死,就是一个死胡同,杨靖宇走到了这里,也就走到了绝境。

杨靖宇被严寒冻醒,浑身冷得发抖,想到千百万破碎的家庭和被残杀的同胞,他心中涌起一股怒气和豪情,一定要挺住,活下去。他要吃东西,但他已没有力气到外面扒树皮了,他从破碎的棉衣上撕下一团棉花塞进嘴里,干涩、难咽,嗓子火辣辣的,他抓起一把雪放进嘴里,趁雪融化时用力吞下棉花。

23日上午10时,林中雾气渐渐散去,杨靖宇隐隐听到说话声。保安村农民赵廷喜等上山打柴路过这里,杨靖宇喊住了他们,四人被杨靖宇奄奄一息的神态吓了一跳,杨靖宇说:"我已经几天没吃东西，饿得不行了，请你们帮忙给我买点吃的，再给我弄套衣服来。"四个人没人敢应声，其中一个胆大点的说："现在你的处境这么困难，不如归顺了吧，归顺了，日本人不会杀你的。"杨靖宇坚定地说："你说的也许不错，但我有我的想法，我是决不能归顺的。就这么办吧，我多给你们些钱，你们把我所要的东西买来。"四人答应了，他们分头离去。

赵廷喜在下山的路上遇见了特务李正新，便一起去保安村伪警察分驻所告密。消息迅速报给了伪通化警务厅长岸谷隆一郎。岸谷隆一郎根据报告中描述的体貌特征，判断此人就是杨靖宇！岸谷隆一郎立即命令警察本部的西谷率领抗联叛徒张奚若、白万仁、王佐华等21人组成第一批快速"挺进队"，分五批向三道崴子急进。下午，"挺进队"赶到杨靖宇约定的交接食物的地方，发现了登山的大脚印。循着脚印搜索，终于在三道崴子703高地发现了杨靖宇。

杨靖宇满怀着希望在等待打柴人拿食物和衣服回来。突然，他隐隐地听到汽车声，知道情况有变化，他立即向山上爬去，但没爬出多远，便再也爬不动了。无奈，只好在树丛中隐蔽起来。

下午3时50分，走在前面的士兵发现左前方树丛中有动静，便向后招手示意不要出声跟上来。只见树丛突然晃动，一个高大的身影跳起来，向前跑去，敌人在后紧追不舍，杨靖宇边跑边还击，最后，他来到遍地乱石的河边，在一棵大树下隐蔽起来。

杨靖宇知道突围无望，便趁敌人喊话空隙，点火烧毁身上所带文件。敌指挥官大阪知道，对杨靖宇，活捉和劝降都是办不到的，于是下令："干掉他！"

一时间，所有的轻重武器一齐射向杨靖宇隐身处。杨靖宇视死如归，沉着应战，两支手枪不停地射向敌群。20分钟后，杨靖宇左腕中弹，手枪掉在地上，他顽强地用右手继续向敌人还击。突然，一颗子弹射中他的胸部，他身子一晃，紧接着身上又中数弹，他那高大、魁梧的身躯倒在冰冷的濛江大地上。当时的时间是1940年2月23日16时30分。这一天，也正是中国农历正月十五，家家户户团圆的日子。

杨靖宇虽然倒下了，但他那大无畏的革命精神，激励着千百万优秀的中华儿女，前仆后继走上抗日前线。

沉痛悼念

杨靖宇自2月15日下午，与两名警卫员朱文范、聂东华分手后，到2月23日下午壮烈牺牲，在这整整八天里，一直是孤身一人同敌人周旋。所以，杨靖宇牺牲许多天后，抗联第一路军才获得消息。

杨靖宇牺牲后，他的亲密战友、抗联第一路军副司令员魏拯民化悲痛为力量，抱病出征继续指挥南满地区和抗联第一路军的斗争。

1940年3月的一天，魏拯民组织召开中共南满省委和抗联第一路军领导干部会议。会议的主要议程和内容：向部队公开传达杨靖宇牺牲的消息，继承杨靖宇司令的遗志，继续把中共南满省委和抗联第一路军的工作做好，坚持抗日到底。

会议开始，魏拯民副司令表情凝重，以低沉的语气缓缓说道："今天召集大家开会，向同志们公开一个不幸的消息"他略停顿一下，接着说："2月23日下午，我们的杨司令在濛江牺牲了……"

与会人员听到后都非常惊讶，简直不敢相信自己的耳朵。因为在他们心目中，总觉得杨司令不会牺牲，即使到了万般无奈时，他也能以出奇的智慧化险为夷。但他们也知道，魏副司令决不会开这种玩笑。突如其来的噩耗，使在场的官兵无不悲痛欲绝。大家摘下了帽子，默默垂下了头，眼泪唰唰地流下来，有的失声痛哭……

举行追悼仪式默哀后，魏拯民为杨靖宇致悼词：

  杨总司令为革命事业艰苦卓绝地奋斗了一生。他的全部生活是党的生活，他没有个人生活。他是为我们中华民族的解放事业而被日本侵略强盗杀害的，我们要完成杨司令生前未完成的事业。

  到革命胜利的那天，我们每个人都要问心无愧地站在他的墓前说：靖宇同志，我们在你之后，做了我们应该做的事。

  我们宣誓，为了我国人民，为了杨司令，我们东北抗联第一路军全体战士紧密团结，坚决继承杨司令的事业，踏着烈士的血迹，继续奋战，克服一切困难，一定把日本鬼子赶出去！

魏拯民的悼词，是抗联第一路军战士们共同的誓言和心声，他们踏着杨靖宇和其他烈士的血迹，继续转战白山黑水间，与日伪展开生死较量！

惩办元凶

人民没有忘记先烈，同样没有忘记那些残害英雄的刽子手们。随着抗日战争的胜利和新中国的成立，杀害杨靖宇的凶犯们，终于没有逃脱历史和人民的审判。

岸谷隆一郎在杀害杨靖宇后，又被派到热河指挥制造"无人区"，双手再次沾满中国人民的鲜血。1945年日本法西斯战败投降之际，自知穷途末路的岸谷隆一郎杀死家人后自杀身亡。

1946年2月23日，在杨靖宇牺牲六周年纪念大会暨新墓落成仪式上，靖宇县民主政府遵照人民的意愿，将"二二三"出卖杨靖宇的汉奸赵廷喜、特务李正新公审处决，以告慰英灵。新中国成立后，在镇反肃反运动中，又捕获惩办了一批残害杨靖宇的凶犯。伪警察大队长唐振东于1950年被处以死刑。"二二三"刽子手王士洪、桑文海于1951年9月8日在靖宇县伏法。1929年在抚顺出卖杨靖宇的内奸范青（胡杰三）于1961年被判处无期徒刑。曾在抚顺逮捕并折磨杨靖宇的日本警察署高等系主任蜂须贺重雄、原伪吉林省"讨伐队"本部领导成员野崎茂作、大汉奸王之佑等日伪战犯被关押在抚顺战犯管理所改造。

东北抗联第一路军的最大叛徒、杀害杨靖宇的主犯之一程斌也得到了应有的惩罚。杨靖宇牺牲后，他也和岸谷隆一郎一起，被派到热河"扫荡"八路军，制造"无人区"，添加着如山的血债。1945年日本投降后，程斌摇身一变，下令枪杀了一批已经放下武器的日军战俘，以这种卑劣手段，给自己戴上"抗日英雄"的假面具，然后率所部伪军投靠蒋介石，受到国民党反动派的重用，历任东北保安纵队大队长、副师长、五十三军（即东北军周福成部）军部高级参谋等职，授少将军衔，在东北反人民内战中又犯下了新的罪行。新中国成立后，程斌再次施展"变色龙"的诡计，隐瞒罪恶历史，混入中国人民解放军华北军区军械处，希图潜伏隐蔽，在镇反运动中被识破揭发。经彭真、刘仁批准，于1951年4月28日逮捕归案后解往承德审判，5月12日公审处决。

金日成在回忆录中写道：

> "人民法院对这个背弃信念、叛变投敌，给革命带来莫大损失的卑鄙龌龊的败类作出了应有的判决，程斌的命运生动地说明了放弃信念、出卖同志的人将落到什么样的下场。"
>
> （引自：《金日成回忆录与世纪同行》(5—6)，郑万兴译，中国社会科学出版社1996年版，第571页。）

第八章　丰功伟绩耀千古
　　　　英名精魂传万代

杨靖宇英年殉国，在短暂的生命旅途建立下震古烁今的功勋，令敌手胆寒，使后人敬仰，让华夏生辉！正所谓：丰功伟绩耀千古，英名精魂传万代。

威震敌胆

杨靖宇牺牲后，就连残忍屠杀他的敌人也敬佩得五体投地。

在杨靖宇壮烈牺牲后，日军纷纷前来确认究竟战死的是不是杨靖宇。当他们确认是杨靖宇的时候，当时的日方报道中是这样描述的："是杨（靖宇）啊，于是所有的讨伐队员都发出了男儿之泣。"所谓"男儿之泣"，就是他们感到这是真正的一个男子汉，一个大丈夫，一个了不起的英雄！所以这些日本的讨伐队员也为中国的将军而哭泣。

自1940年2月15日开始,到2月23日下午4时30分杨靖宇壮烈殉国,他一直陷入敌人的重重包围之中。大雪封山,食物来源被彻底切断……孤身一人的杨靖宇在这些天里究竟是怎么活下来的呢?敌人无法理解一个抗联将军为何如此英勇顽强。

为解疑惑,伪通化省警务厅长岸谷隆一郎命令蒙江县城民众医院的医生解剖检查,看他的胃肠里究竟有什么。经解剖,他的胃肠里一粒粮食也没有,见到的只是未能消化的草根、树皮和棉絮。参加解剖的主刀医生、民众医院院长金源大为感慨,在场的日军也都觉得不可思议:中国竟有如此威武不屈的人。

追剿屠杀杨靖宇的岸谷隆一郎更被深深震撼。他向部下感叹:虽为敌人,睹其壮烈亦为之感叹,大大的英雄!杨靖宇的不屈意志和惨烈牺牲让岸谷隆一郎又敬又怕,此后多年他都经受着良心的拷问,一旦想起杨靖宇便寝食难安。1945年日本投降前夕,岸谷隆一郎在毒死自己的妻子儿女后,剖腹自杀,他给天皇陛下留下了一封遗书,里面这样写道:"……天皇陛下发动这次侵华战争或许是不合适的,中国拥有像杨靖宇这样的铁血军人,一定不会亡国。"

遗物遗产

杨靖宇将军壮烈殉国并没有给自己家人留下任何遗产、遗书或遗言。

1940年2月23日,英勇献身的现场留下的遗物有:一身破烂的衣服、三支手枪、230颗子弹、钢笔、怀表、指南针、现金6660元。

1942年，杨靖宇的妻子在老家病逝，临终前曾拉着儿子马从云、女儿马锦云的手说："好好藏着你爹的照片，将来等红军打回来了，拿着这张照片找你爹去。"而这张泛黄的照片是这位抗日民族英雄留给这个家庭唯一的"遗产"。

永远的怀念

1945年8月15日，日本帝国主义宣布无条件投降。10月下旬，共产党领导的东北民主联军在濛江县建立了民主政府。新政府成立后，立即筹备为杨靖宇将军重新安葬。

1946年初，由濛江县副县长兼民教科长张汇东同志主持召开了各界代表座谈会。会上，动员募捐为杨靖宇将军修墓，县政府做出将濛江县改为靖宇县的决定，于2月14日发布《为濛江县易名告各地同胞书》。告同胞书中写道：

> "抗日先烈杨公靖宇，他是抗日联军的司令，他是一个优秀的共产党员。他死了已是六年了。他死在我们这个地方，葬在这个地方。我们是永远不会忘记他的，因为他的死，是死的壮烈，死的有代价。他的死不是为了别的，而是为了中华民族，特别咱们东北父老的存亡，不愿叫我们当亡国奴。他的死，是高度地发扬了中华民族的气节。他是威武不屈、富贵不移。他是革命先烈，他是民族英雄，他是优秀的中华男儿，皇（黄）帝子孙。他是英勇的、坚定的、伟大的忠实于国家民族解放事业的，为全人类谋利

益的、优秀的共产党员。他是我们民族的好榜样……我们为永远纪念杨司令，故将濛江县改为靖宇县，以作长久纪念。请大家不要再叫濛江县而称靖宇县，以此来追念抗日救国的先烈杨靖宇司令吧！"

县政府的这一决定得到了各界人士的热烈支持。人民群众和庆聚源烧锅、庆积号油坊、李兴武油坊等大小商户踊跃捐款，为杨靖宇修墓。

修墓经费解决后，便开始备料、选择墓地、买棺木，这些准备工作在一个月内便完成了。李咸阳老先生在磨好的石碑上用工整的楷书书写了碑文。石碑正面镌刻"抗日民族英雄杨靖宇将军之墓"几个大字，下款书写着"靖宇县民主政府暨靖宇县各界人民同立"，背面镌刻着杨靖宇将军传略。杨靖宇将军的陵墓修建在保安村西北的一个平岗上。青砖砌成的墓室，前面横额上写着"抗日民族英雄杨靖宇将军英名千古"。墓室里安放着棺木，棺木前的供桌上摆放着杨靖宇将军放大的头像照片。墓室周围砌起青砖花格围墙，墓室门前矗立着杨靖宇将军的墓碑。

1946年2月23日，杨靖宇将军殉国6周年。辽东省政府、靖宇县政府隆重召开杨靖宇将军追悼纪念大会。辽东省政府主席张学思、副主席杜者衡、东北民主联军杨靖宇支队政治委员刘培植、县委书记田稼丰、县长周嘉达等，以及靖宇县的各级干部和各界群众数千人参加了大会。省政府主席张学思在会上致悼词并发表重要讲话。县政府、杨靖宇支队、抗联老战士及各界群众代表分别在会上倾诉对英雄的怀念和崇敬之情。许多当年在杨靖宇将军领导下奋勇杀敌的抗联老战士趴在靖宇将军陵墓前放声大哭。各界群众焚香烧纸，以示悼念。之后，靖宇县人民政府在杨靖宇墓前，枪决了汉奸王士洪、桑文海和告密者赵廷喜、李正新，以告慰杨靖宇将军的英灵。

从 1946 年 2 月 23 日这天起，濛江县改名靖宇县，杨靖宇牺牲地附近的濛江村改名为靖宇村，濛江镇改为靖宇镇，让英雄的名字伴随祖国的河山永远共存。

1946 年 5 月 7 日，党中央机关报《解放日报》刊载了由郑昌撰写的《杨靖宇同志》一文，向全国广大解放区人民进一步介绍杨靖宇同志的英雄事迹。

1948 年 12 月 25 日，杨靖宇将军的遗首被正式迎入哈尔滨东北烈士纪念馆。经东北人民政府批准，由原辽东省人民政府建工局设计，北京古建筑施工队，历时 3 年，在通化市青松环抱、风景秀丽的南山，修建了民族风格浓郁的琉璃建筑群——靖宇陵园。

1958 年 2 月 23 日，在杨靖宇殉国 18 周年纪念日那天，中共中央公祭安葬杨靖宇大会在通化省靖宇陵园举行。悼词全文如下：

今天，我们来为十八年前为国牺牲的杨靖宇同志安葬，我们全党和全国人民对他表示深切的悼念！

中国民族解放和人民革命的胜利是中国人民长期奋斗的结果。一方面有外国帝国主义的侵略和压迫，一方面有勾结外国帝国主义的大地主、大资产阶级的反动统治，在强大的敌人面前，中国人民的解放事业是非常艰难的。东北抗日联军当时面对着中国民族最凶恶的敌人——日本侵略者，处境十分困难，但是他们不屈不挠的斗争到底，充分地表现了中国人民和中华民族在任何敌人面前，在任何困难面前绝不低头的伟大精神。在这场斗争中，许多共产党人和许多爱国志士流尽了他们的鲜血，付出了他们的生命。杨靖宇同志就是在斗争中英勇牺牲了的一个伟大的战士。我们今天来纪念杨靖宇同志，也就是纪念在东北抗日游击战争中光荣牺牲了的一切革命战士。

东北抗日联军的斗争是中国共产党领导下的中国人民解放事业中的一个部分。大家都记得，在一九二七年，国民党叛变了革命的时候，中国人民面前笼罩着一片黑暗。这时，只有中国共产党高举着革命的旗帜，向全国人民指出了前进的道路，率领中国人民坚持斗争。卖国的、反人民的国民党统治把中国的事情越搞越糟。一九三一年，日本帝国主义者对东北实行武装侵占。国民党政府采取了所谓不抵抗政策，听任日本侵略者占领整个东北，并且把它的侵略势力向华北和全国发展。这时，也只有中国共产党站到了抗日斗争的最前线。当时，中国共产党中央命令东北地区的党组织坚持抗日斗争，并且派遣了许多优秀党员到东北地区来工作，杨靖宇同志是其中的一个。杨靖宇同志和东北地区领导抗日游击战争的其他共产党人坚决执行党的方针，他们和东北各族人民紧紧地结合在一起，同甘苦，共患难，并且团结了一切爱国的力量，在党中央领导下组成了东北抗日联军，向日本帝国主义侵略者进行了长期的艰苦斗争，给了侵略者以有力的打击。

参加当时东北抗日游击战争的还有许多朝鲜同志。在共同的斗争中，中国人民和朝鲜人民结成了深厚的友谊，这种友谊后来又在共同反对美帝国主义的侵略中得到了进一步的发展。这种在斗争中长期发展起来的友谊是最巩固的、最可宝贵的友谊。

杨靖宇同志的英勇奋斗的一生表现了一个共产党人的崇高品质。他对革命最坚决最勇敢，任何困难不能把他压倒。他对党是最忠实的，时时刻刻都尊重党的组织和党的纪律，他热爱人民，和人民真正打成一片，他善于团结群众，能够把各族人民为共同的事业而团结在一起。这些都是值得我们学习的。

杨靖宇同志牺牲以后的十八年间，中国大地上发生了翻天覆地的变化，中国共产党领导了中国六亿人民，不但已经胜利地完成了民族民主革命，而且已经取得了社会主义革命的伟大胜利，正在进行着伟大的社会主义建设事业，无数的革命先烈在艰难的斗争中毫不踌躇地付出了他们的生命，这就是因为他们深信他们的牺牲能够为后人开辟出一条通向无限幸福的大道。现在我们来纪念他们，就应当用同样的革命毅力，用同样的刻苦奋斗的精神，来把我国的建设事业迅速地向前推进，把我国建设成为一个具有现代工业、现代农业和现代科学文化的伟大社会主义国家。

伟大的民族英雄、优秀的共产主义战士杨靖宇同志永垂不朽！

东北抗日联军的烈士们永垂不朽！

邓华（1910—1980，湖南郴县人。1927年3月加入中国共产党。在革命生涯中，历任中国工农红军连党代表、团政治委员、师政治委员，八路军军分区司令员和政治委员、旅政治委员，东北保安副司令兼沈阳市卫戍司令、辽吉军区司令员、纵队司令员、军长、兵团司令员等职。参加了古田会议、长征、湘南起义、平型关战役、百团大战、辽沈战役、平津战役、湘赣战役、广东战役等，组织指挥了海南岛战役。新中国成立后，他担任中国人民志愿军第一副司令员兼第一副政治委员、代司令员兼政治委员、司令员兼政治委员、中国人民解放军副总参谋长兼沈阳军区司令员。协助彭德怀指挥抗美援朝第一至第五次战役，组织指挥1952年秋季战术反击作战、上甘岭战役及1953年夏季反击战。1955年被授予上将军衔。1980年7月3日在上海病逝）上将代表中华人民共和国国防部介绍东北抗联和杨靖宇将军艰苦奋战历程。

中共吉林省委书记、省长栗又文、黑龙江省委副书记于天放、河南省邢肇棠副省长分别在会上致辞，杨靖宇将军生前的老战友尹俊山代表抗联战士深情缅怀靖宇将军英雄业绩和战斗历程，杨靖宇将军的儿子马从云代表烈士亲属在会上发言。来自全国各界代表9000余人参加了安葬大会。

公祭仪式结束后，各地代表瞻仰杨靖宇将军遗容，举行杨靖宇遗体安葬仪式。在庄严的国际歌声中，将杨靖宇的遗首与遗骨合葬于青松翠柏的陵墓之中。杨靖宇将军的生前战友、抗联老战士周保中、冯仲云、于天放、伊俊山等为烈士棺椁封墓。

誉满天下

　　杨靖宇把一生贡献给了中华民族和中国人民,受到党和人民以及社会各界的热情盛赞和高度评价。在给予他的荣誉和评价中,相当一部分是他所独有的。

　　1940年,陕甘宁边区将魏东明著《东北抗日领袖杨靖宇》一文被收录进高小国语教材。

　　1945年12月26日,中共中央电令东北局迅速建立杨靖宇支队。

　　1946年2月14日,濛江县改名为靖宇县,同时发表《为濛江县易名告各地同胞书》,赞誉杨靖宇:

> "他是革命先烈,他是民族英雄,他是优秀的中华男儿黄帝子孙。他是英勇的、坚定的、伟大的忠实于国家与民族解放事业的,为全人类谋利益的优秀的共产党员,他是我们民族的好榜样。"

　　1947年7月3日,《人民日报》发表廖承志在建党26周年大会上的讲话,赞誉杨靖宇是:

> "中华民族最优秀的儿女,无产阶级忠诚的战士,我们党最宝贵的领导干部"之一,"表现的无产阶级气节,一切为党牺牲、赴汤蹈火的精神,应永远为我全党同志学习的楷模。"

1949年2月23日,哈尔滨市各界公祭杨靖宇和陈翰章。中共东北局敬献挽联:

"将军血战长白山忠贞义烈光党史,大军直捣长江南歼彼丑类慰英魂。"

李济深、沈钧儒等56位民主人士在祭文中写道:

"杨将军虽死,东北人民得永生矣,是亦杨将军不死也。"

1949年5月,郭沫若在哈尔滨瞻仰杨靖宇遗首后赋诗《咏杨靖宇将军》:

"头颅可断腹可剖,烈气难消志不磨,碧血青蒿两千古,于今赤旗满山河。"

1950年7月1日,杨一辰在《河南日报》上发表《民族英雄模范共产党员杨靖宇同志》一文。

1957年7月15日,朱德总司令为杨靖宇烈士题词:

"人民英雄杨靖宇同志永垂不朽"。

1958年2月24日,谢觉哉在《吉林日报》上发表《悼念杨靖

宇将军》一文,赞誉:

"靖宇将军自幼参加革命,毕生奋斗不懈,坚贞不屈,他是党员模范,是民族英雄。在东北开展抗日游击战争的最艰难困苦的岁月里,杨靖宇将军率领东北抗日联军第一路军,转战在长白山区的冰天雪地之中,伐木为营,围火而眠,草根果腹,一直坚持到流尽最后一滴血,这种可歌可泣的英勇事迹,奠定了中国人民伟大革命胜利的基础,全国人民当永志不忘……你的精神不死,浩气长存,永远成为鼓舞我们前进的坚强力量!"

曾与杨靖宇并肩作战、后成为朝鲜国家领袖的金日成对杨靖宇的评价是:

"人值千金,眼值八百。我一看杨靖宇的眼睛,就知道他是一个忠厚而热情的好汉。"……

有人把党和人民以及社会各界对杨靖宇的热情盛赞和高度评价,归纳为六个"唯一":

①唯一在抗战期间被党中央文件点名表彰的东北抗联领导人

1938年11月5日,党中央第六届六中全会(扩大)发出由杨松(吴平)起草的致东北抗日联军的致敬电,高度评价东北抗日联军是"在冰天雪地与敌周旋七年多的不怕困苦艰难奋斗之模范",指出"我们也不会忘记在最艰难困苦的条件下,同民族死敌作长期斗争的亲爱的同志们"。在致敬电开头，引人注目地使用了"东北抗日联军杨司令靖宇"的称谓，并指示由杨靖宇将致敬电转达给抗联全体官兵和政工人员。这份珍贵的历史文献集中体现了以毛泽东为核心的党中央对东北抗联的高度重视和亲切关怀，充分肯定了东北人民抗日斗争在全国抗战中的地位、任务和光明前途，重申了中国共产党抗战到底和收复东北失地的坚强决心，同时也进一步明确了杨靖宇在东北抗联中的领导核心地位。同年年底，这份电报经中苏边境国际交通线辗转传入东北，成为抗联同志在极端困难条件下坚持斗争的强大精神动力。对此，甚至日本关东军宪兵司令部也不得不承认："中共日益坚持抗日持久战，于陕西省红都延安召开中共党六中全会……从此次会议中共向在满东北党致电，鼓励继续长期抗战等情况，中共不仅从未放弃其长期抗日之迷梦，还希望东北党（军）亦与之相策应，顽强且积极地开展抗日游击战。对此点乃不难预想，因而绝不能轻视其将来之动向"。

②唯一与毛泽东、朱德并列当选为东方各民族反法西斯大会名誉主席团委员的中共党员

1941年10月26至30日，针对苏联卫国战争爆发和太平洋战争即将爆发，整个世界日益分化为法西斯侵略阵营和反法西斯民主阵营的国际形势，中共中央接受朱德的建议，在延安发起召开了东方各民族反法西斯大会，来自54个国家和地区的2000多名代表参加了大会，毛泽东、朱德、叶剑英在大会上发表了讲话，大会成立了东方各民族反法西斯大同盟，有力地促进了亚洲人民反对日本法西斯的斗争。在东方各民族反法西斯大会上，全体代表一致选举产生了由33人组成的名誉主席团，其中中国共产党代表有3人，他们是毛泽东、朱德和杨靖宇。这时，杨靖宇已牺牲近两年，但因消息隔绝，内地尚未知晓这一消息，故中共中央仍将杨靖宇和毛泽东、朱德一起提名为名誉主席团委员候选人，大会也仍将杨靖宇列入代表名单。

在牺牲后仍当选为东方各民族反法西斯大会名誉主席团委员，而且是唯一与毛泽东、朱德并列被党中央提名和大会选举担任这一职务的中共党员，这一事实充分证明了以毛泽东为核心的党中央对东北抗日联军的重视关怀，充分证明以杨靖宇为首的东北抗日联军具有广泛的国际影响，已成为亚洲各国人民反法西斯斗争的榜样，充分证明杨靖宇作为东北抗日联军最高领导人的历史地位是无可置疑的。

③新中国成立以来唯一享有朱德总司令题词"人民英雄"殊荣的我军高级将领

新中国成立后，党和国家采取了一系列措施，缅怀杨靖宇的丰功伟绩，弘扬他的伟大精神。早在1952年就开始修建杨靖宇烈士陵园。1957年7月15日，朱德为靖宇陵园亲笔题词："人民英雄杨靖宇同志永垂不朽"。杨靖宇由此成为新中国成立以来唯一享有朱德题词"人民英雄"殊荣的我军高级将领。由德高望重的第一元帅、人民军队唯一的总司令为杨靖宇题词，更进一步彰显了杨靖宇作为为党为国英勇捐躯的人民军队高级将领的历史地位。

④新中国成立以来唯一享有政治局委员和元帅规格葬仪的革命先烈

1958年2月23日，在杨靖宇为国捐躯18周年之际，党中央在吉林通化为他举行了有近万人参加的公祭安葬仪式。事前，党中央指定由杨尚昆主持杨靖宇治丧事宜，胡乔木、周保中协助起草悼词和《杨靖宇将军生平事迹》。在悼词中高度评价杨靖宇是"伟大的战士"，这是自1950年任弼时逝世后，中共中央第二次在重要人物的丧事中使用这个称呼。从仪式规模、丧事主办者到评价用语，所有这一切在杨靖宇之后，只适用于党中央政治局委员林伯渠、罗荣桓（并为元帅）、柯庆施。杨靖宇由此成为新中国成立以来唯一享有政治局委员和元帅规格葬仪的革命先烈，杨靖宇公祭安葬仪式也由此成为新中国成立以来在北京以外举行的规格最高的葬礼，成为新中国成立以来所有有关东北抗日联军的活动中规格最高、影响最大、评价最为全面详尽的一次。

⑤新中国成立以来毛泽东、周恩来、刘少奇、朱德分别敬献花圈的唯一先烈

在杨靖宇公祭安葬仪式上，毛泽东、周恩来、刘少奇、朱德分别敬献了花圈，毛泽东的花圈上书写着"靖宇同志永垂不朽"的挽词，其他领袖的挽词是"靖宇同志千古"。这在新中国成立以来对革命先烈的纪念中是绝无仅有的一次。杨靖宇之所以得享此殊荣，源于他坚决贯彻执行党中央政治路线、领导东北抗日斗争的丰功伟绩。在东北抗日战争中，杨靖宇在亲密战友、中共驻共产国际代表团满洲问题委员会委员魏拯民的协助下，紧紧把握统一战线、武装斗争、党的建设三大法宝，坚决贯彻执行党中央和中共驻共产国际代表团作出的《一二六指示信》《六三指示信》和《八一宣言》等重要指示，自觉坚持党的领导、加强党的建设，成为"东三省第一个执行游击战术的人"和东北抗日民族统一战线的创始者。他是在东北学习贯彻毛泽东著作的第一人，在井冈山斗争经验的指导下，杨靖宇从实际出发，逐步形成了具有东北特色的抗日游击战争战略战术，努力加强部队内党组织建设和思想政治工作，以"朱德的扁担"为榜样，坚持和战士们同甘共苦，强调"咱们领袖都这样做，我又有什么特殊的呢？"以《论持久战》的战略思想指导抗联第一路军的斗争。在与党中央长期失去组织联系的特殊困境中，自觉拥护和贯彻遵义会议以来的党中央政治路线，把毛泽东思想的基本原理贯彻于东北实际，创造了共产党人在政治和思想上的奇迹。

杨靖宇和毛泽东、朱德没有见过面，但始终尊敬他们，自觉地以毛泽东的思想路线、以朱毛井冈山经验指导东北抗日斗争。1929年六七月间，杨靖宇在上海党中央训练班和到东北工作后，曾与周恩来和时任满洲省委书记的刘少奇见面，聆听过周恩来对"六大"精神的讲解，深受刘少奇的器重，受命担任抚顺特支书记，有力地推进了抚顺工人运动的发展。早在1938年，毛泽东就赞誉杨靖宇是"有名的义军领袖……英勇抗日艰苦奋斗的成绩是人所共知的"。在英魂安息之际，毛泽东、周恩来、刘少奇、朱德又对杨靖宇表示了深切的悼念，给予他无上的哀荣。

⑥党中央两代领导核心题词的抗联领导人

1985年9月23日，邓小平题写"杨靖宇烈士纪念碑"碑名。1995年1月12日，江泽民题写"杨靖宇将军纪念馆"馆名。这是党中央在新时期弘扬爱国精神和革命传统的重要举措，也是党中央在新时期弘扬东北抗联精神、宣传杨靖宇丰功伟绩的重要举措。

英雄屹立天地间，精神感召亿万人。与杨靖宇生死与共的金日成在回忆录《与世纪同行》中深情追忆：

"在东北抗日联军英勇抗战的旗帜上，凝聚着中国人民的热诚的共产主义战士杨靖宇的鲜血"。杨靖宇的事迹和风范，已经熔铸进民族精神和革命传统的丰碑，为世世代代后来者所学习、所继承、所实践，永远激励后人创造出无愧于先贤的新的辉煌。